光文社文庫

長編時代小説

なびく髪
父子十手捕物日記

鈴木英治

光　文　社

目次

なびく髪　父子十手捕物日記

7

第一章　寛文の油

一

男たちは紋付袴《もんつきはかま》姿だ。

女たちは控えめな色合いながらも、着飾った者がほとんどだ。

それも当たり前だろう。なにしろ今日は、勇七《ゆうしち》と弥生《やよい》の祝言《しゅうげん》なのだから。

たくさんの人が来てくれたものだなあ。

御牧文之介《みまきふみのすけ》は教場を見渡して、しみじみと思った。

ここ三月庵《みつきあん》の教場は三十畳ばかりの広さだが、ほぼ埋まっている。二人のために集まってくれた人は、五十人は優に超えている。

これも、人徳のたまものなんだろうぜ。

祝言は夜に行われることが多いが、勇七たちも例外ではなく、すでに日は暮れている。

教場には何本ものろうそくが惜しみなく灯《とも》され、このなかだけはいまだに夕日が射《さ》しこんでいるかのような明るさが保たれている。

このくらい明るくないと、祝言らしくないってものだろうぜ。

もっとも、まだ祝言ははじまっていない。肝心の勇七たちも姿を見せていない。

文之介の想《おも》い人であるお春《はる》もやってきていない。

はやく来ねえものかな。いったいなにをしているんだろう。

やっぱり誘えばよかったかなあ。

どうしてそうしなかったのか、自分でもよくわからない。お春は俺の誘いを待っていたかもしれないのに。

誘わなかった以上、待つしかない。女は化粧などにときをとられるし。

でもお春なら、化粧なんかいらねえんだけどなあ。そのままで十分きれいなんだから。

教場の隅に腰をおろして、文之介は腕組みした。

俺の祝言のとき、こんなに来てくれるものなのかなあ。

少し不安になる。

なんといっても、俺には人徳なんてないからなあ。

いや、そんなこと、あるもんかい。

文之介は心で首を振った。

俺のときも大勢の人が来てくれるさ。そうに決まってる。

文之介は目を閉じた。

自分の横に座っているのはむろんお春だ。花嫁衣装に身を包んだお春は、恥じらい、うつむいている。

ああ、かわいいなあ。

手をのばし、抱き締めたくなってしまう。

文之介は目をあけた。

はやくそんな日がこねえものかなあ。待ち遠しいよお。

今、自分たちの仲はなかなかいいほうへ向かっているのではないか。

この前だって、あと少しで手を握れるところだったのだ。

この前といっても、あれはもう一月以上前のことである。

三月庵の手習子《てならいこ》で文之介の遊び友達でもある仙太《せんた》や、文之介の父の想い人だったお知佳《ちか》の娘お勢《せい》がかどわかされた事件が、解決とまではいかないものの、一応の落着を見た。

しかし、最もとらえたい男である嘉三郎《かさぶろう》はいまだに江戸の町のどこかでのうのうとすごしている。野放しも同然だ。

お春の手を握れなかったのも、嘉三郎らしい者の目を強く感じたからだ。

あのとき文之介は、三増屋《みますや》を訪問していたのだ。父親の丈右衛門《たけえもん》も来ていて、あるじの藤蔵《ふじぞう》に不首尾《ふしゅび》を謝っていた。

丈右衛門は半月ばかり前、お知佳という女性《にょしょう》と祝言をあげたばかりだが、お知佳にはお勢というまだ赤子の連れ子がいる。

一月ほど前、そのお勢が嘉三郎と捨蔵《すてぞう》に連れ去られ、千両もの身代が要求された。しかも、千両の運び役に名指しされたのは仙太だった。

文之介や丈右衛門は、まだ幼い仙太を運び役にしたくはなかったが、やむを得ず事情を話すと、仙太はやるといってくれたのだ。

だが、その仙太までもが嘉三郎たちの手に落ちてしまい、千両はなすすべもなく奪われた。

仙太が運んだ千両は三増屋から借りたものだった。

嘉三郎は、文之介と丈右衛門を油屋の老舗《しにせ》を再現した建物に閉じこめ、焼き殺そうとしたのだが、その油屋をつくることに三増屋の千両のほとんどが費やされ、三増屋のもとに戻ってきたのは、ほんの二百両程度にすぎなかった。

三増屋を訪れた丈右衛門はそのことを藤蔵に謝っていたのだが、藤蔵は鷹揚《おうよう》に、いいんですよといってくれた。

しかしいくら三増屋が味噌《みそ》と醬油《しょうゆ》を扱う、江戸きっての大店《おおだな》とはいえ、八百両もの金を失っておいて、いいんですよ、ですむはずがない。

文之介としては、いつか返したいと思っているが、そういう日が果たしてやってくるものか、心許《こころもと》ないものがある。

なにしろ、南町奉行所《みなみまちぶぎょうしょ》の定町廻《じょうまちまわ》り同心《どうしん》にすぎないのだ。三十俵二人扶持《ににんぶち》の俸禄《ほうろく》でしかない。

二百石をいただく与力《よりき》とはそのあたりがちがう。それに、代々頼《だいだいだの》みといって、江戸にやってきた大名家の勤番侍が事件やもめ事を起こしたとき表沙汰《おもてざた》にせず、内々にすませられるようにと、与力や同心は担当している大名がいるが、大大名のほとんどは、与力の担当になっている。

大大名をいくつも担当している与力には、合わせて年に千両もの金をもらう者すらいるのだ。

むろん、文之介の御牧家にも代々頼みの大名はいる。だが、やはり小大名にすぎず、実入《みい》りは知れている。

それに丈右衛門の性格もあり、その手の収入は御牧家の場合、ほとんどないといってよい。

文之介自身、それでいいと思っている。もともと金に執着する心はほとんどない。金など、生きていけるだけあればそれ以上はいらない。父のやり方はまちがっていない。

それでも、藤蔵に返したいという気持ちに変わりないが、今のところはどうすることもできない。

しかし勇七の野郎、と文之介は思った。おせえなあ。なにをやっているんだ。

文之介は、ますます人が増えてきた教場を眺《なが》め渡した。

誰もかもが、満面の笑みで会話をかわしている。どの人も、まるで自分がこれから祝言をあげるかのように表情を光らせている。

いいなあ、あの野郎。こんなにたくさんの人に祝福されて。

文之介は手首に目を落とした。そこにはやけどの跡がわずかに残っている。嘉三郎の策にはまって、油屋の建物に丈右衛門とともに閉じこめられ、火を放たれたときに負ったものだ。

あのとき勇七が建物に飛びこんできてくれなかったら、俺や父上は今頃、命はなかった。

当然のことながら、猛火のなかを突っ切るようにした勇七は文之介たちとはくらべものにならないくらいひどいやけどを負った。

ただ、あの事件が勇七と弥生を結びつけたといっていい。勇七は町医者の寿庵《じゅあん》のもとに運びこまれたのだが、勇七のそばについて世話をしたのが弥生なのだ。

勇七はそれまでお克《かつ》という女が好きだったのだが、お克が他の男のもとに嫁いだことでやけになり、しばらく姿をくらましていた。

そのあいだ文之介は一人で働いていたのだが、勇七と弥生は結局、なるようになったという感じがしないわけではない。

神さまが描いた筋書きがはなからあり、その通りに進んだような気がしてならない。

俺とお春の場合は、と文之介は思った。天に住まう人はどんな筋を用意してくれているんだろう。

そんなことを考えるまでもないさ。めでたい結末に決まっている。

「文之介の兄ちゃん、なかなか似合うね」

不意に横から声がした。

「おう、仙太、来たか」

文之介は自然に笑顔になった。

そこに立っているのは、仙太だけでなかった。寛助《かんすけ》に次郎造《じろぞう》、保太郎《やすたろう》、太吉《たきち》、松造《まつぞう》、それに進吉《しんきち》が頬《ほお》を輝かせて笑っている。

「似合うって、これか」

文之介は着物の腹のところをつまみ、持ちあげてみせた。

「これでも武家だからな、紋付袴ってわけにはいかねえ」

文之介は、いつもはほとんど着ることのない肩衣をはおり、袴をはいている。

「文之介の兄ちゃんのそんな格好、はじめて見たような気がするよ」

「そうかもしれねえな。それにしても、みんな、勢ぞろいだな」

「当たり前だよ、お師匠さんと勇七兄ちゃんの祝言だもの」

仙太が元気よくいう。仙太も文之介たちとともに油屋の建物のなかで焼き殺されそうになったが、あんなことはなかったことのように、なんの影響も感じさせない。

仙太らしい、以前からの明るい表情をすでに取り戻している。聡明《そうめい》そうな瞳《ひとみ》の輝きも、前と変わりない。

そのことについては、文之介は胸をなでおろしている。

「ねえ、文之介の兄ちゃん」

保太郎が呼びかけてきた。

「お師匠さんと勇七兄ちゃんは、ここで暮らすの」

文之介はうなずいた。

「そのつもりらしい。弥生ちゃんがこのまま手習師匠を続けるのはおまえたちもきいているだろうし、それを知って安心もしただろうけど、そういうことならここに住んだほうがいろいろと都合がいい」

「でも、ふつうは亭主のほうの家で暮らすんじゃないの」

こういったのは寛助だ。

「そっちのほうが多いのは確かだけど、別にそうしろって決まりがあるわけじゃないからな。奉行所の中間《ちゆうげん》長屋は広いとはいえないし、二人で暮らすのなら、こっちのほうが断然いい」

「うちだってせまいけど、五人で仲よく暮らしているよ」

これは松造だ。

「そりゃよくわかるけど、より広いところがあるのに、そこに住まないのはもったいないだろう」

「まあ、そうだね」

「ねえ、文之介の兄ちゃん。勇七の兄ちゃんのおっかさんて、口うるさいの」

太吉が世間の事情を熟知しているかのような、やや大人びた口調できく。

「そんなことはないさ」

文之介は笑って否定した。

「やさしい人さ。仮に口うるさいとしても、弥生ちゃんと一緒に暮らすことをいやがる人じゃない」

「ふーん」

「二人とも若いからな、とりあえず、しばらくのあいだ夫婦二人ですごしたいということなんだろうぜ」

「子づくりに励むんだね」

文之介は噴きだしそうになった。

「仙太、おまえ、いつの間にそんなこと、覚えたんだ」

仙太が指先で鼻をこすって笑う。

「こんなのはおいらたちの歳《とし》になれば、誰《だれ》だって知ってるよ。文之介の兄ちゃんが知らなすぎるだけだよ。文之介の兄ちゃんは、ねんねだからね」

「仙太、おまえってやつは相変わらず無礼だな。俺がねんねってことがあるか。それにな、だいたいねんねっていう言葉は若い娘につかう言葉だ」

「そうでもないんだよ、文之介の兄ちゃん」

文之介は声を発した男の子に顔を向けた。

「進吉、どういう意味だ」

「確かに若い娘につかうことがほとんどだけど、別に娘に限った言葉でもないんだよ」

「へえ、そうなのか」

文之介はまじまじと進吉を見た。

「おめえ、相変わらず物知りだなあ」

「文之介の兄ちゃんが知らなすぎるんだよ」

仙太が鼻の頭を上に向けていう。文之介はうしろ頭をかいた。

「確かにそうかもしれねえな。進吉に教えられるってのは、なんとも格好がつかねえものなあ」

「もう少し学問に励まないと駄目だよ」

「それなら、俺もここに通うかな」

「そうすれば」

「そうするか」

文之介は仙太に答えつつ、丈右衛門とお知佳が入口にやってきたのを見た。お知佳はお勢をおぶっている。

二人のうしろにお春と藤蔵、女房のおふさが続いている。

お春は小袖《こそで》を着ている。桃色の花があしらわれた意匠で、決して派手ではないものの、お春自身が持つ華やかさによく合っている。

やっと来たか。文之介はお春に向かって手を振ろうとした。

「あっ、来たよ」

仙太が声をあげ、指さした。文之介はそちらを見た。

教場の奥の戸があき、ちょうど勇七と弥生の二人が姿を見せたところだった。

二人とも、まぶしいくらいだ。特に、花嫁衣装をまとった弥生はまっすぐ見られないほどのまばゆさに包まれている。

「お師匠さん、きれいだなあ」

呆然《ぼうぜん》とつぶやいた進吉の声が、文之介の耳に心地よく届く。

おめでとう、勇七。まったく、これ以上ない似合いの二人だぜ。

文之介は心の底から祝福した。

二

まともに朝日を正面から浴び、文之介は目を閉じた。体がふらつく。

うしろから勇七が声をかける。

「旦那《だんな》、危ないですよ」

「大丈夫だよ」

文之介は振り返った。

「ちょっと頭が痛いだけだ」

「ふつか酔いですかい」

「そうだ。ちょっと飲みすぎた」

勇七が心配そうな眼差《まなざ》しを注ぐ。

「ちょっとどころじゃないでしょう。昨夜はたらふく飲んでましたよ」

「なんだ、勇七。だったらおめえの大事な祝いの場で、ちびちび飲んでいたほうがよかったとでもいうのか」

「いえ、そんなことはありませんけど」

「そうだろう。おめえの祝言で、ちびちび飲むような、つまらねえ真似《まね》ができるわけがねえんだよ」

文之介は勇七を見つめた。

「勇七、おめえこそ大丈夫なのか。ずいぶんと眠そうだぞ」

「眠くなんかありませんよ」

文之介は前を向いて歩きはじめた。

「だったら、どうしてさっきからあくびを連発してるんだ」

「あくびなんか、してませんよ」

「してるだろうが。きっとおめえのことだから、昨晩は励みすぎたんだろう」

「別に励んじゃいませんよ」

「いーや、おめえは励んだんだよ。もともと好き者だからな」

「あっしは好き者なんかじゃありませんよ」

「だったら、その腰のふらつきはなんなんだ」

「ふらついてなんかいませんよ」

「ふらついているんだよ。勇七、俺の目をごまかせると思うなよ。俺はうしろが見えるんだぜ」

勇七が目を丸くする。

「あれ、そうでしたか」

「そうさ。町廻り同心たるもの、うしろを見る目がなきゃ、町人たちの暮らしを守れねえ。勇七、わかったか」

「ええ、わかりましたよ」

「でも勇七、今日は本当に休んでもよかったんだぜ。昨日の今日じゃねえか」

「でも非番じゃありませんし」

文之介は再び勇七を見た。

「大事な祝言なのに、どうして翌日が非番の日を選ばなかったんだ」

「それであっしたちはいいかもしれませんけど、ほかの人たちは仕事が休みというわけではないですからね」

「相変わらずかてえ野郎だな。祝言の翌日、一緒になったばかりの二人が仕事を休んだからって、文句をいうやつなんざ、一人もいねえよ」

「そりゃそうでしょうけど」

勇七が文之介を見返す。

「それに、なんといっても、旦那を一人で働かせるわけにはいかないですから」

「たまには一人っていうのもいいさ」

「でも、あっしはもう二度と旦那からは離れないって心に誓いましたから」

文之介や丈右衛門が嘉三郎の罠《わな》にかかり、危うく焼き殺されかけたのは、自分がやけを起こして文之介のそばを離れたからだと勇七は思っているのだ。

「その気持ちはありがてえけどな」

実際には、文之介は涙が出るくらいうれしい。勇七は同い年の幼なじみだが、これからも死ぬまでずっと一緒に働いていたいと考えている。

「ところで、弥生ちゃんはどうなんだ。手習所は休みにしたんだろう」

「いえ、とんでもない。今日も張り切っていましたよ」

「ほんとかよ」

「だって、手習を楽しみにしている子供は多いですからね。手習子のためにもあけないと、といっていましたよ」

「はあ、そいつはたいしたもんだ。さすがに弥生ちゃんだ。それに時代は変わったなあ。俺は手習が楽しいなんて、一度も思ったことはなかったぞ」

「実はあっしもですよ」

子供のように舌をだした勇七が、あっと声を発した。

たずねた瞬間、文之介はうしろ頭に痛みを覚えた。丸太を木槌《きづち》で叩《たた》いたような音がし、目から火花が散るほどの衝撃があった。

「いててて」

頭を抱えこみ、悲鳴をあげた。たまらずしゃがみこむ。

「旦那、大丈夫ですかい」

勇七が抱き起こそうとする。

「勇七、いったいなにがあったんだ」

文之介は顔をしかめてきいた。

「いや、軒下《のきした》の柱に頭をぶつけただけですけど」

頭を抱えたまま文之介は見あげた。

「どうしてこんなところに柱があるんだ」

「いや、だって江戸の町ですからね、商家はいくらでもありますよ」

文之介は、ふつか酔いの頭の痛み以上のものを感じている。

「こんな道の真んなかに柱を立てるなんて、この店はいってえどういう料簡《りょうけん》なんだ」

文之介は毒づいた。店は呉服を扱っているようだ。

暖簾《のれん》を払ってなかに入ろうとしていた二人の女客が、驚いた顔で文之介を見ている。

「気にしなくていい」

文之介は手を振って、二人に行くようにいった。二人の女は軽く会釈してから、通りすぎていった。

文之介は立ちあがり、背筋をのばした。勇七が着物の裾《すそ》についた土を払ってくれる。

「旦那、こちらの店は道の端っこも端っこに建ってますよ」

勇七にいわれて、文之介はあらためて見た。

「あれ、ほんとだ」

「ずっとうしろを向いて歩いているからですよ。でも旦那、うしろが見えるんじゃないんでしたっけ」

「見えるさ。見えるに決まっているだろう」

「だったら、どうして柱にぶつかったんですかい」

文之介はいい放った。

「たまたま瞬《まばた》きしたときだったんだよ」

勇七が苦笑する。

「そいつはまた苦しいいいわけですねえ」

「いいわけなんかじゃねえよ」

文之介は歩きだした。

「勇七、いつまでもくっちゃべってねえで、仕事をするぜ」

「あっしは、はなからそのつもりですよ。やる気満々ですから」

「そいつは頼もしいな」

文之介はまた勇七を振り返って見た。

「それなら勇七、嘉三郎の野郎を見つけるいい方策、なにか考えついたか」

「いや、あっしはなにも」

勇七がすまなそうにする。

「すみません」

「勇七、なにも謝ることなんかねえんだ。この俺だって考えついてなんかいねえんだからな」

「そうですかい」

勇七が案じる表情で文之介を見る。

「旦那、前を向いたほうがいいですよ。また柱が近づいてきています」

文之介はにやりと笑った。

「安心しな。見えてるよ」

いいざま、すばやく振り返った。

「あれ」

目の前には柱などない。人が行きかう道が広がっているだけだ。

文之介は首をねじって勇七を見た。

「てめえ、はかりやがったな」

勇七がにんまりと笑う。

「やっぱり見えていないんじゃないですか」

文之介は鼻息を吐きだした。

「当たりめえだ。背中に目がついてる者なんか、この世に一人もいやしねえよ」

「旦那、今度はひらき直りですかい」

「ひらき直ってなんかいやしねえよ」

うしろ向きに歩きながら、文之介は憤然と口にした。

「あっ、旦那、柱が」

勇七があわてたように指さす。

「その手に乗るか」

いった瞬間、またも強烈にうしろ頭を痛みが襲った。

「痛《いて》え」

文之介は、あまりの痛さに地面に倒れこみそうになった。

「大丈夫ですかい」

勇七が手を差しのべて支える。文之介は屈《かが》みこむだけですんだ。

「大丈夫なもんかい」

文之介は目をあけ、勇七をにらみつけた。勇七が戸惑う。

「どうしてそんな顔、するんですかい」

「勇七、いったい全体どうしてもっとはやく教えねえんだ」

「いや、そういわれても」

地面に膝《ひざ》を突いたまま、文之介はゆっくりと頭をさすった。

「こぶができてやがる。ごていねいに、同じところをぶつけちまった」

「どこですかい」

勇七が手をのばして触れようとする。

「さわらなくてもいい」

「痛くないようにしますから」

「本当だろうな。――ここだ」

勇七が静かに触れる。

「ああ、すごいのができてますねえ」

「そうだろう。こんなこぶ、こさえているやつは、江戸広しっていえども、俺ぐらいのものだろうぜ」

「旦那、威張るようなことじゃ全然ありませんよ」

「まあ、そうだな」

勇七がこぶを静かにさすってくれる。それがなかなか心地よく、目を閉じた文之介は痛みが飛んでゆくような気がした。

そこまではよかったが、つと勇七の手が離れていったと思ったら、なにか生あたたかなものをこぶのところに感じた。

こいつはなんだ。

勇七はなにかをこぶに塗りたくっているようだ。

「勇七、唾《つば》じゃねえだろうな」

「ええ、唾ですよ」

勇七はあっさりといってのけた。

「こぶから、ちょっと血が出ていますからねえ。毒消しには唾が一番ですから。旦那、思いだしますねえ。子供の頃も同じこと、よくしましたよ」

そうだったなあ、と文之介はなつかしさを覚えた。幼い頃、文之介が怪我《けが》をするたびに勇七は唾を塗ってくれた。それだけで傷が治るような気持ちになったものだ。

文之介はゆっくりと立ちあがった。

「勇七、ありがとう、助かった」

「いえ、どういたしまして」

それから文之介と勇七は、凶賊《きょうぞく》としかいいようがない嘉三郎捜しに精をだした。深《ふか》川《がわ》を中心に、町々の自身番《じしんばん》に人相書《にんそうがき》を見せてまわった。

しかしなんの手がかりも得ることはなく、日は暮れていった。

昨晩の疲れが抜けきっていないこともあって、文之介ははやめに仕事を切りあげ、勇七とともに南町奉行所に戻った。

嘉三郎らしい男の目を感ずることもなかった。

三

じっくりと策は練った。

練りすぎるほど練った。すでに手をつけたこともある。人集めだ。

しかし、と嘉三郎は思った。肝心なものが足りない。

それは金だ。

御牧文之介や父親の丈右衛門を地獄の釜《かま》に放りこむには、金が必要だ。それも少なくない金がいる。

どうすればいいか。

そいつはもう考えてある。すでに目星をつけた者がいる。

今、嘉三郎は、とある屋敷の塀の外にうずくまっている。屋敷の庭の大木が枝を張りだし、日盛《ひざか》りなら特に濃い影をつくる場所だ。

だが、今はもうすっかり夜のとばりがおりている。とうに日は西の空に落ち、江戸の町は闇《やみ》に包まれている。風は部屋のなかにいるかのように静かで、あたりはひっそりとしている。

道に人影は見当たらず、嘉三郎が身を小さくしていても、咎《とが》める者などいない。

仮に、この道を提灯《ちょうちん》を手にして歩く者がいるとしても、嘉三郎がいることなど気づくはずがなかった。

もういいか。

嘉三郎はときを計っている。すでに深夜九つをすぎた。先ほど、どこか遠くの寺の鐘が鳴った。

もう寝入ったな。

これまで慎重を期して、二度、深夜にこの屋敷に忍びこんだ。三日前と昨日だ。

むろん、この屋敷のあるじの動きを探るためだ。行き当たりばったりに仕事をするわけにはいかない。

その両日とも、屋敷のあるじはこの刻限には寝についている。ただ、年寄りだけに眠りは浅いだろう。しかも妾《めかけ》がいる。まちがいなく同衾《どうきん》しているはずだ。妾だけでなく、用心棒も雇っている。かなりの腕利きが二人だ。

しかし不意を衝《つ》きさえすれば、やれない相手ではない。

塀の外で、嘉三郎はさらに屋敷の気配を探った。

よかろう。

闇のなか、一人うなずく。嘉三郎は犬が体を起こすように立ちあがり、音を立てぬよう塀に飛びついた。

身の軽さには自信があり、腕はあっさりと塀の上に届いた。

切っ先をとがらせた竹でつくられた忍び返しが設けられているが、この程度では嘉三郎にはなんの障害にもならない。塀を難なく越え、庭に降り立った。

姿勢を低くし、また気配を探る。侵入者に気づき、用心棒が抜《ぬ》き身《み》をかざして駆け寄ってこないか。

嘉三郎は腰に帯びている道中差《どうちゅうざし》に触れて、じっと待った。

誰も来ない。

腕利きとはいえ、二人の用心棒は肌でそこまでさとるだけの技倆《ぎりょう》にまでは達していないようだ。

文之介や丈右衛門だったらどうかな。

嘉三郎は考えた。やつらもまちがいなく同じだろう。俺の気配に気づくはずがない。なにしろ、と思った。昨晩だって、俺が近くに来ていることに気づかなかった連中だ。嘉三郎は、勇七と弥生という手習師匠の祝言を見に、わざわざ足を運んだのだ。なにしろ勇七というのは、燃え盛る偽《にせ》の油屋のなかに飛びこんでいった男だ。あいつがいなければ、今頃、文之介や丈右衛門はこの世にいなかった。

八つ裂きにしても足りない男だ。文之介と丈右衛門を亡き者にしたあと、あいつも必ず殺してやろう。弥生も一緒だ。

それにしても、と嘉三郎は昨晩のことをあらためて脳裏に描いた。

誰もが浮かれていた。あれなら、あの手習所の教場に入るのも、さしてむずかしくはなかった。

さすがにそこまではしなかったが、やはりおめでたい連中でしかない。屠《ほふ》るのに、どうしてこんなに手間取っているのか不思議でならないほどだ。

だが、今度こそやつらにとどめを刺してやる。

そのためには、目の前の仕事を成功させなくてはならない。

嘉三郎は低い姿勢のまま歩きだした。猫になったような心境だ。

母屋《おもや》の影が、闇のなかにうっすらと見えている。慎重に近づいていった。

あるじの寝所がどこか、とうにわかっている。用心棒の一人は隣の間に控え、もう一人は表の門に最も近い部屋にいる。

嘉三郎が今いるのは城でいえば搦手《からめて》に当たる場所で、表の木戸から遠く離れている。

母屋は、どこもかしこも雨戸ががっちりと閉められている。

はなから雨戸を破る気はない。

嘉三郎は台所を目指した。井戸のそばを通りすぎる。

台所の戸に近寄った。心張り棒《しんばりぼう》がかまされているらしく、かすかには動くが、あきはしない。

だが、心張り棒程度の備えしかしていないというのは、この屋敷のあるじには油断があるのだ。用心棒を雇って、安堵《あんど》しているのだろう。用心棒に、全幅の信頼を寄せているのにちがいない。

この屋敷は柳島村《やなぎしまむら》にあり、まわりはほとんどが田畑だ。

東側には二町ほど先に大きな寺があり、西側は武家屋敷だ。武家屋敷の向こう側には、天神川《てんじんがわ》とも呼ばれる横十間川《よこじっけんがわ》が流れている。昼間なら、南には柳島町の町並みが望める。ずっと田畑が続く北のほうは、四町ばかり行けば百姓家が寄り集まった押上村《おしあげむら》にぶつかる。

このあたりはもともと人けがほとんどない場所で、この屋敷は二度、襲われているという。

二度とも四、五名の賊による押しこみだったらしいのだが、両度とも用心棒は賊を容赦なく斬《き》り殺し、重傷を負わせて撃退したらしいのだ。

いくら賊に押しこまれたとはいえ、斬り殺せば町奉行所からなんらかの咎めがあってもおかしくはないのだが、用心棒はそのままこの屋敷に居続けている。

屋敷のあるじは、町奉行所の者に鼻薬《はなぐすり》を嗅《か》がせているにちがいない。

二度、押しこまれたというのを賭場《とば》で耳にし、嘉三郎はこの屋敷のあるじを標的にすることを決意したのだ。

嘉三郎は懐《ふところ》から鏨《たがね》を取りだし、台所の戸を下からこじるようにした。ときをたっぷりとかけて、音がまったく立たないように心を配る。こんなところで用心棒にさとられたくはない。

注意深くやった甲斐《かい》があり、蚊の羽音ほどの音すらさせることなく、戸はかしいだ。鏨を懐にしまい入れて、嘉三郎は戸を持ちあげ、横に置いた。風は相変わらず死んだようになく、屋敷うちに吹きこむことはない。

嘉三郎は台所に身を入れた。夜目《よめ》が利《き》くから、そこになにが置いてあるかはすぐにわかる。巨大なかまどが目につく。

その脇《わき》を通りすぎると、大きな石が沓脱《くつぬ》ぎになっているところに出る。沓脱ぎをあがれば、畳の敷いてある座敷だ。

嘉三郎は草鞋《わらじ》を脱ぐことなく、畳にあがった。

あるじが眠っているはずの部屋を目指す。東側の日当たりのいい八畳間だ。

三度、まったく音をさせずに襖《ふすま》をあけ閉めして、嘉三郎は足をとめた。

目の前にはまたも襖があるが、この部屋には用心棒がこもっている。

なかの気配を探る。軽くいびきがきこえてきた。

油断というより、こちらの用心棒は仮寝の最中なのだろう。

嘉三郎は襖に指をかけた。道中差の鯉口《こいぐち》はすでに切っている。

一寸ばかりあけ、なかを見る。壁に背中を預け、刀を抱いてうつらうつらしている浪人の姿がはっきりと見える。行灯《あんどん》が灯されているのだ。

これは、用心棒として当たり前の用心だろう。明かりをつけておけば、万が一のときにあわてずにすむ。

浪人との距離は一間ばかり。嘉三郎は半身が入るだけ襖を横に滑らせるや、ためらいなく用心棒の前に進んだ。

道中差はすでに抜いている。用心棒が畳を擦るわずかな音に気づいて、目をあけた。目の前に立つ影に気づいて、声をあげようとする。

その前に嘉三郎は道中差を横に払った。

痰《たん》を吐くようなかすかな声だけを残して、用心棒が首から血を噴きださせる。壁にもたれたまま体は崩れ落ちていった。切り裂かれた首に手を当て、苦しんでいる。

嘉三郎は胸を一突きし、とどめを刺した。磔《はりつけ》にかけられた罪人のように首を落として、用心棒は絶命した。

あるじが妾と一緒に眠っている次の間に向かおうとして、こちらに駆けてくるらしい足音を嘉三郎はきいた。

気づきやがったか。

行灯をすばやく吹き消した嘉三郎は、息絶えた用心棒が流すおびただしい血を避けて、畳の上に膝をついた。握っていた道中差をかたわらに置き、懐に手を入れる。

駆け寄ってきた用心棒の姿が、闇のなかににじんだように見える。相棒になにかあったことを解しており、すでに刀を抜き放っていた。

襖は半尺ばかりあいている。そこから顔をのぞかせた。

間髪を容れず、嘉三郎は手にしていた鏨を飛ばした。

あやまたず用心棒の顔に突き立った。

嘉三郎は道中差を握るや、畳を蹴《け》った。喉《のど》が張り裂けんばかりの声をあげて鏨を抜こうとしている用心棒の背後にまわり、道中差でがら空きの背中をえぐる。

用心棒は背筋をそらして、つま先立ちになった。強風が吹きやんだかのように悲鳴がとまる。

力が抜けた体はこんにゃくも同然で、すでに息のない用心棒は嘉三郎にもたれかかるようにしてきた。

道中差を引き抜く。嘉三郎は用心棒の体を無造作に畳の上に投げ飛ばして、噴きだしてきた血をかわした。

少しときを食っちまったな。

この屋敷のあるじと妾は、もう目を覚ましただろう。逃がすわけにはいかない。嘉三郎は部屋に向かって突進した。

襖を突き破る。

暗闇のなか、上等な布団《ふとん》が目に入った。二人はいない。

障子があき、廊下が薄ぼんやりと見えている。

嘉三郎は廊下に出て、左右に目を配った。

どこにもいない。

舌打ちしかけた。

いや、まだ遠くには逃げてなどいやしない。

嘉三郎は、部屋に人の気配がすることに気づいた。

押入れだ。

体をひるがえした嘉三郎は敷居を越え、押入れの前に立った。かたく閉められた襖の向こうに、人の気配が色濃く感じられる。

「出てこい。そうすれば、命だけは助けてやろう」

嘉三郎は静かに声をかけた。押入れから応《いら》えはない。

嘉三郎は襖に道中差を突き通した。なんの手応えもなかったが、すぐに女の哀れな泣き声がきこえてきた。次いで、わかった、というしわがれた声が発せられる。

「出てこい」

「わかったから、殺さないでくれ」

しわがれた声がいい、襖があいた。

のそのそと四つん這《ば》いになって、年寄りと若い女が姿を見せた。女は腰巻き一つで、ほんの先ほどまでむつんでいたような艶《つや》っぽさが濃厚に漂《ただよ》っている。

嘉三郎は欲情を感じた。文之介の想い人であるお春のことを思いだす。

いつかあの女をものにしたいものだ。

だが、今はそんなことはいい。嘉三郎は年寄りに道中差を突きつけた。

「たっぷりと貯《た》めこんでいるそうだな」

年寄りは、いやいやするように首を横に振った。

「とんでもない」

目の前に座り、おびえた目で嘉三郎を見つめている年寄りは、もとは金貸しだ。

今は他の者に店を譲り、この広々とした屋敷で悠々と暮らしている。名は市五郎《いちごろう》。

「そうか。命より金のほうが大事か」

嘉三郎は道中差を動かした。切っ先が妾の胸に吸いこまれる。

妾はどうして、といいたげな顔で嘉三郎を見た。道中差に引きずられるように、前のめりに倒れた。おびただしい血が妾の体を包みこむように畳の上に広がってゆく。

「なんということを」

市五郎が呆然とつぶやく。

「金のありかをいえ」

「ここにはない」

「そうか」

嘉三郎は、市五郎に向かって道中差を突きだそうとした。

「待て。わしを殺せば金のありかは永久にわからんぞ」

「わかるさ。どうせこの屋敷のどこかに隠してあるのだろう。ときはいくらでもある。ここには訪ねてくる者はほとんどおらんし」

「まことにここにはないぞ」

「ないなら、それも仕方あるまい。そのときは素直にあきらめる」

嘉三郎は道中差を握り直し、市五郎の胸を貫こうとした。

「待て。わかった。金のありかをいえば、命は助けてもらえるんだな」

「そのつもりだ」

「わかった」

「どこだ」

「台所近くの井戸だ。あのなかに金を沈めてある」

おそらく、油紙などで厳重に包みこまれているのだろう。

「よし、来い」

嘉三郎は、むずかる子供のような市五郎を無理に立たせた。

外に出て、井戸のそばまで来た。

「よし、引きあげろ」

「わしがやるのか」

「当然だ」

嘉三郎が冷たくいい放つと、市五郎は渋々といった風情《ふぜい》で井戸の前に立ち、水のなかに姿を消している綱を引きはじめた。

「重い」

息をあえがせながら引いている。

「頼むから、代わってくれんか。年寄りにはつらい」

「うるさい。てめえが隠したんだろうが。さっさとやれ」

やがて、油紙に包まれた風呂敷《ふろしき》包みが姿をあらわした。

最後の力を振りしぼるように市五郎が綱を引くと、小判が触れ合う音を立てて油紙が地面におろされた。

嘉三郎は三重の油紙を破り、出てきた風呂敷包みの結び目を解いた。

二十五両の包み金がいくつも入っている。三、四十は優にありそうだ。

「ちょうど千両ある」

両手を膝にのせて肩で息をしている市五郎が、さも無念そうにいった。

「それをやるから、もう帰ってくれ」

多分、この屋敷のどこかに別の隠し場所があり、そこにも相当の金が蓄えられているのだろう。

「よかろう。これで引きあげる。ただし、その前にやることがある」

嘉三郎は、箒《ほうき》でもかけるように軽く道中差を払った。

手応えはすこしあっただけだ。市五郎の首に大きな傷口がひらき、そこから血が流れだそうとしているのが見えた。

言葉にならない声をだし、市五郎がうらみのこもった目で嘉三郎を見ている。

「すまんな。気が変わった」

嘉三郎は市五郎の背後にまわり、背中を手のひらで押した。

市五郎はあっけなく井戸のなかに落ちた。こもったような水音がきこえてきた。

嘉三郎は屋敷内に戻り、二人の用心棒と妾の死骸《しがい》を市五郎と同じように井戸に投げこんだ。

おびただしい血に染まった畳を引きはがして、床下に引きずり入れた。破れた襖も同じようにした。

こうしておけば、惨劇が行われたことが知れるまで相当のときがかかるにちがいない。ろくに訪ねてくる者がない屋敷といっても、もし死骸を放置しておけば、惨劇を目の当たりにした御牧文之介は、この屋敷のあるじたちを誰が殺したのか、即座に覚《さと》るのではないか。

そして、この俺が大金を手にしたことを知るだろう。

嘉三郎としては、それはまだもう少し先のことにしたい。

あの男は、俺が企《たくら》んでいることがなんなのか、必死に探索してくるだろう。探索したところで知れるはずもないが、ここは用心に越したことはない。

なにしろやつはしぶとい。それに俺は一度、御牧父子を殺し損ねている。

嘉三郎は風呂敷を結び直し、背負った。さすがに千両となれば重いが、この重みはむしろ心地よい。

これだけあれば、と屋敷を出てすぐに思った。文之介たちを、確実に地獄に放りこむことができよう。

そう、きっとできる。

隠れ家に向かう。歩いているうち、不意に空腹を覚えた。これまで相当の緊張を強いられていたのを知った。

なにか腹に入れてえな。

捨蔵がつくったうどんが思い起こされる。

殺しちまって、まずかったか。

いや、そんなことはない。捨蔵は幼い頃から兄弟のように育った男だが、殺《や》らなければならなかった。

一人のほうが、と嘉三郎は背中の風呂敷包みを背負い直して思った。身軽で俺にはよほど似合っている。

四

涼しい風が吹き、文之介は襟元をかき合わせた。

うしろを振り返る。

「勇七、ずいぶん涼しくなってきやがったなあ」

「ええ、そうですね」

勇七がぼそりと答える。

「なんだ、ずいぶんと愛想がねえな」

「前からあっしはこんなものですよ」

「そりゃそうなんだが、前にくらべたらだいぶ愛想ってものを覚えたように思ったんだがなあ」

文之介は前を気にしつつ、首をひねった。

「勇七、弥生ちゃんと喧嘩《けんか》でもしたのか」

すでに祝言から半月ほどたち、江戸では紅葉がはじまっている。

「いえ、しませんよ」

「本当か」

「ええ、本当です。仲はいいですよ」

勇七の表情が少しゆるんだ。

「そうか、それならなんで愛想がねえんだ」

「愛想がないってことはないと思うんですけどね」

「そうかな」

文之介はなんとなく思い当たった。

「つまり、秋も深まってきたということかもしれねえな」

勇七が不思議そうにする。

「なんのこってす」

「いや、秋ってのはなんとなく物悲しいじゃねえか。空の色が澄んできたり、急に涼しくなったり、木の葉が散ったりしてさ」

勇七がくすりと笑う。

「だから、あっしが物悲しくて無愛想になったたっていうんですかい」

文之介も合わせて笑みを見せた。

「やっと笑ってくれたな」

勇七が軽く咳払《せきばら》いする。

「旦那はあっしを元気づけようとして、物悲しいだなんていったんですかい。すみませんでした、気をつかわせちまって」

「いや、いいんだよ」

「でもあっしの心持ちはふだんと変わりませんから、もし愛想がないんだったら、本当に物悲しさを感じたのかもしれませんねえ」

勇七がまじめな顔になる。

「それで旦那、今日はどうするんですかい」

「そいつだが……」

文之介は空を見あげた。低い位置に厚い雲がわだかまっており、朝日は江戸の町に射しこんでいない。

夜が明けて一刻ばかりたつのに、どことなく薄暗さが感じられるのはそのためだ。もう少しときがすぎれば、太陽は雲の帯を脱し、町も明るくなってくるだろう。

「今日もこれまでと同じく嘉三郎捜しということになるんだが、同じことの繰り返しじゃあ、芸がねえよな。実際、ここ半月ばかりなにも得られてねえんだし」

「そうかもしれませんねえ」

勇七が控えめにうなずく。

「なあ、勇七」

「なんです」

「嘉三郎はどうして捨蔵を殺したのかな」

「それについては、旦那はもう答えを得ているんじゃないんですかい」

文之介は足をとめた。

「嘉三郎と捨蔵は同じ捨て子として兄弟同様に育った。もし捨蔵が俺たちにつかまったら性癖や性分を知られ、動きを読まれるおそれがある、ということか」

「ええ、そういうこってす」

文之介は考えに沈んだ。顔をあげて、勇七を見つめる。

「今さら気づくなんてどうかしていると思うんだが、どうもそれだけじゃないような気がしてならねえんだ」

「というと、なにかほかにわけがあって、嘉三郎は捨蔵を殺したと旦那は考えているんですかい」

「そうだ」

文之介はどこか座れるところがないか、捜した。

今、文之介たちは深川黒江町《ふかがわくろえちょう》にいる。ここは、捨蔵が死骸で見つかった深川一色町《いっしきちょう》にほど近い。

ちょうど町並みが切れた寺の門前に、松の切り株らしいものがあった。文之介は、どっこらしょと腰かけた。

「ああ、こりゃ楽ちんでいいや。勇七も座れよ」

文之介は少し尻《しり》をずらした。

「いえ、あっしはここでいいですよ」

勇七は立ったままだ。文之介に無理強いをする気はない。

「旦那はどんなわけがあって、嘉三郎が殺したと思っているんですかい」

文之介はかぶりを振った。

「そいつはまだわからねえ。でも、そのわけが明らかになれば、嘉三郎の行方《ゆくえ》につながるんじゃねえかっていう気がする」

「なるほど」

「もちろん、つながらねえかもしれねえ。どちらかといえば、そっちの公算のほうが大きいだろう。でも、調べてみて損はねえような気がするんだ」

「じゃあ、やってみますかい」

「うん、そうしよう」

勇七が東に目を向ける。

「幼かった二人が一緒に暮らしていたのは、深川猿江町《さるえちょう》でしたね」

「うん、そうだ。父上が調べだしてくれたんだよな。勇七、さっそく行ってみよう」


深川猿江町に来た。この町もよそと変わらず、町屋が密集し、町人たちが肩を寄せ合うように生きているのがはっきりとわかる。

こういう町で、と文之介は思った。どうしてあんな男が生まれてきたのか。

人同士の触れ合いが、たくさんある町のように思える。

そういう町で育ってきたなら、人にいくらでもやさしくできるような男に成長しそうなものだが、嘉三郎は逆に酷薄そのものといっていい男になった。成り下がったといっていい。

どうしてだろう。

文之介は捨蔵を殺した理由よりも、そちらのほうを調べてみたくなった。

そのことを勇七に告げた。

「ああ、いいですね」

勇七は同意してくれた。

「そいつがわかれば、どうして捨蔵を殺したのか、そのわけも知れるかもしれませんよ」

まず太呂助《たろすけ》という、畳職人に会った。太呂助は、幼かった嘉三郎や捨蔵と遊んだことがある男だ。幼なじみといってよく、妹は捨蔵によくかわいがられたという。

丈右衛門から話をきいていたが、実際に畳屋で会ってみると、相撲取《すもうと》りのような大男だった。

でけえな、と文之介は感嘆の声が漏れそうになったほどだ。

しかし、太呂助は嘉三郎のことはほとんど覚えていなかった。

「無口で、いつもむずかしい顔をしていましたねえ」

ほかに覚えていることはなく、捨蔵についても妹の世話をよくしてくれたこと以外、特に心に残ってはいないそうだ。

「妹をあやすのは、とてもうまかったですけどね」

それなら妹に話をきこうとした。

「いや、そいつは無理ですよ」

太呂助が申しわけなさそうにいう。

まさかもうこの世にいないっていうんじゃねえだろうな、と文之介は思った。

「嫁ぎ先が商家だったんですけど、亭主と一緒に上方《かみがた》に行っちまったんですよ。手前ももうここ何年も会ってないんです」

「上方か」

文之介は腕を組んだ。

「確かに無理だな」

「でも妹も捨蔵については、ろくに覚えていないと思います。面倒を見てもらったのは、なにしろ赤子のときですから」

太呂助は明らかに仕事に戻りたがっている。親方も文之介たちに、いつまでへばりついてやがんだい、といいたげな顔を向けているように見えた。

文之介は勇七をうながし、畳屋を退散した。

その後、深川猿江町界隈《かいわい》をまわり、できるだけ多くの住人に話をきいて、嘉三郎や捨蔵のことについて知ろうと試みた。二人が住んでいたことを覚えている者はそれなりにいたが、二人がどういう男の子だったのかということを覚えている者は、まったくといっていいほどいなかった。

「二人は、よっぽどひっそりと生きていたんですかねえ」

勇七がため息をつくようにいう。

文之介は振り返った。

「かもしれねえ」

もともと嘉三郎と捨蔵は、鉄太郎《てつたろう》という押しこみを生業《なりわい》としていたも同然の男に育てられた。

鉄太郎は二人を押しこみに育てる気でおり、それならば幼い頃から顔をできるだけ知られないようにしただろうし、冷酷な男に仕立てあげようともしただろう。

世間とはほとんどまじわらなかったにちがいない。太呂助やその妹というのは、ほとんど例外といっていい存在だったのだ。

「それで旦那、どうします。この町で調べを続けますかい」

勇七にきかれ、文之介はどうすべきかを考えた。

途端《とたん》に腹が鳴った。

「勇七、今何刻《なんどき》だ」

「八つ半をすぎた頃合だと思いますけど」

「八つ半だと」

文之介は頓狂《とんきょう》な声をあげた。

「もうそんなになるのか」

「ええ、だいぶ前に八つの鐘をききましたから」

「勇七、どうして教えねえんだ。調べがうまく進まなかったのは、空腹だったせいにちげえねえんだ」

「はあ、さいですかい」

「そうさ。勇七、次からは昼をすぎたらちゃんと教えるんだぜ。おめえだって、腹が空《す》いてるだろう」

「ええ、まあ」

さて。文之介はまわりを見渡した。

「勇七、このあたりでいい店を知らねえか」

「なんでもいいんですかい」

「ああ、今ならなにを食べてもうまいにちげえねえ」

「天ぷらはいかがです」

「天ぷらなら空腹でなくてもうめえだろうが、いい店があるのか」

「ええ、あっしの覚えが確かなら」

勇七が先に立って案内しようとする。文之介は唐突に思いだした。

「勇七、もしや立花屋《たちばなや》か」

「ええ、そうです。知ってましたか」

「まあな。名店といわれる店じゃねえか。忘れていたのがどうかしているんだ。そういやあ、ずいぶんと行ってねえな」

文之介たちは大横川《おおよこがわ》沿いを北に向かい、本所菊川町《ほんじょきくかわちょう》三丁目にやってきた。立花屋は大横川の河岸《かし》の向かいに店を構えている。

刻限が刻限だけに店は空いていた。河岸で働いている人足《にんそく》らしい者が五名、座敷に陣取っているだけだ。五人とも顔をほころばせて天丼《てんどん》を食べていた。文之介たちに気づくと、頭を下げてきた。

そのまま気にせず食べ続けるように文之介は仕草で伝え、人足たちからやや離れたところに腰をおろした。

この店は人足でも食べられるほど安く、気取りがない。

もともと天ぷらは屋台ではじまったときいているが、今は高級な店も少なくない。そういう店のなかには、千代田城《ちよだじょう》の将軍に呼ばれるほどの店もあるくらいだ。

文之介と勇七は天丼を頼んだ。

さほど待つことなくやってきた。

大ぶりな海老《えび》の天ぷらが特にうまい。衣はやや厚いが、ほっくりとしていて、辛《から》めのたれとよく合っている。海老の身がひじょうに甘く感じられる。

「うめえなあ」

文之介は変わらぬうまさに、うれしくてならない。

「まったくですねえ」

勇七の箸《はし》はまったくとまらない。次々にたれのついた飯《めし》が口に運ばれている。

最後に赤味噌の味噌汁を飲み干して、文之介たちは箸を置いた。

「ああ、うまかった」

茶を喫《きつ》すると、幸せな気分に浸《ひた》れた。

「勇七、うまい物というのは、どうして天にものぼる心地《ここち》にしてくれるのかなあ」

「本当ですね」

天ぷらといえば、と文之介は思いだした。あそこにも行ってねえなあ。

「なあ、勇七。ほかにも天ぷらのうまい店を知ってるんだけど、今度、行ってみねえか」

「いいですよ。なんという店なんですかい」

「それはな――」

文之介がいいかけたところに、横から大きな声が飛びこんできた。

「へえ、ころも屋でそんなことがあったんかい」

いきなりその天ぷら屋の名が、人足たちの会話から出てきたので文之介は驚いた。

「あれだけの名店なのに、食あたりをだしたってのはどういうことだい」

一人の人足が別の人足にきいている。

「詳しい話は知らねえが、とにかくかなりひでえことになっているってことだ」

文之介は人足の輪に顔を突っこむようにした。

「おい、ころも屋で食あたりってのは、本当なのか」

人足たちがびっくりして文之介を見る。

「ええ、本当です」

人足にしては、華奢《きゃしゃ》な感じのする男が答える。

「なんでも病人が二、三十人は出ているって話ですよ」

「えっ、そんなにか。そいつはただごとじゃねえな」

店は当然のことながら、閉められているという。

ころも屋は本所相生町《あいおいちょう》三丁目にある。文之介たちは足を運んでみた。

いつもならこの刻限でもかなりの客が入っている店だが、空き家のようにひっそりとして、人の気配は感じられない。

「いったいどうしてこの店が……」

文之介としては信じられない。あるじの徳兵衛《とくべえ》は商売熱心で、客のためにどうすればおいしい天ぷらを供することができるかということだけに、いつも頭と神経をつかっているような男だ。

店の前にたむろしている近所に住んでいる得意客らしい男たちに話をきいたが、どうも昼の一番こんでいる刻限に、いきなり客たちが苦しみだしたという。

次々に戸板《といた》で医者のもとに運ばれ、店はいっとき大騒ぎだったとのことだ。

あるじの徳兵衛は、町奉行所の者に連れていかれたようだ。

文之介は勇七と一緒に奉行所に戻った。

そこで、二人して詳しい話をきいた。そして暗澹《あんたん》とした。

死者まで出ていることがわかったからだ。

その死者が何人なのか、まだ明らかにはなっていないが、少なくとも一人や二人ではなさそうとのことだった。

五

あれからどうなったのだろう。

ころも屋のことを気にしつつ、早朝、文之介は南町奉行所に出仕した。

まさか死者が増えているようなことはないだろうな。

文之介が恐れているのはこれだった。

「おい、文之介、きいたか」

同心詰所《つめしょ》に入っていった直後、声をかけてきたのは、先輩同心の鹿戸《しかと》吾市《ごいち》だ。

「なんです」

文之介はなんとなく警戒して答えた。あまり意地のいい先輩ではない。父の丈右衛門を尊敬しているが、文之介のことは見くだしている。

「なんだ、ずいぶんと顔がかてえな。俺がいやな話を持ってきたとでも思ってるんじゃねえのか」

なぜわかるんです、といいたかったが、文之介は黙って先をうながした。

「ころも屋のことだよ。おめえもあの店は贔屓《ひいき》にしているんだろう」

「ええ。なにかあったのですか」

「なんだ、急に食いついてきやがったな。ずいぶんと気をもんだみてえだな」

「ええ、まあ」

「そうか。俺も同じよ」

吾市はもったいをつけるように少し間を置いた。

「ころも屋で食った客な、八人、死んだぜ」

「ええっ」

文之介は呆然として言葉を失った。

「そんなに……」

ようやく出た言葉はこれだった。

「ああ、ひでえもんさ。医者に運ばれたが、ほとんどは手遅れだったようだ」

「そうですか」

恐れがうつつのものになってしまったことに、文之介は文机《ふづくえ》の前に腰をおろすことも忘れ、立ちすくむしかなかった。

吾市が言葉を続ける。

「だが、ころも屋に責任はねえといっていいだろう。いや、ねえことはねえが、ころも屋だけを責めることはできねえ」

文之介は吾市を見直した。

「どういうことです」

「知りてえか」

吾市がまたもったいをつける。

「教えてやるよ」

唇《くちびる》を湿《しめ》した。

「食あたりのもとがごま油だったんだ」

文之介はうなずいた。江戸前の天ぷらはごま油で揚げるのが当たり前だ。吾市のいいたいことを文之介は察した。

「仕入れ先ですか」

吾市が指先で文之介の額を弾《はじ》いた。

「おめえにしちゃあ、いい勘してるじゃねえか。その通りだよ」

額は思った以上に痛かったが、そのことを表情にあらわすのは業腹《ごうはら》だった。それ以上に仕入れ先の油という事実が気にかかる。

「どういうことです」

「ごま油がおかしくなっていたんじゃねえかってことさ」

油にあたるというのは確かにあり、ときに吐き気や下痢、腹痛を起こすことがある。毒の力が強くなっていると危うい場合もあるというが、命の危険までに及ぶとはきいたことがなかった。それに、ごま油は日持ちがいいことで知られているのだ。

「ころも屋の仕入れ先が、そんな油を納入したんですか」

「そのようだ」

考えられない。ころも屋ほどの老舗の天ぷら屋なら、油の吟味《ぎんみ》にはよほどのときと手間をかけているはずだ。そのなかで、信頼と信用という太い絆《きずな》で結ばれた仕入れ先から選び抜いた油を仕入れているだろう。天ぷらの味は油で決まるといっていいからだ。

そういう油屋のはずなのに、そんなへまをするものだろうか。

「ころも屋の仕入れ先はどこです」

「市ノ瀬屋《いちのせや》だ」

知っている。深川元町《もとちょう》にある老舗だ。

市ノ瀬屋の創業がいつかは知らないが、深川という町ができたのはこの町が最初で、ゆえにこの名がついており、市ノ瀬屋は深川元町ができた当初からあるといわれている。

「信じられないですね」

文之介は正直な思いを口にした。

「本音をいえば、俺も同じよ」

吾市が瞳を光らせていう。

「深川元町という町ができあがったのは寛文《かんぶん》の頃というから、もう百五十年以上も前のことだ。そこから連綿と続いてきた老舗が、おかしな油を売るはずがねえ。しかも、その売り先がころも屋っていう、深川きっての天ぷらの名店というのも解せねえ」

吾市の言葉ながら、まったくもってその通りだと文之介も思う。

「おかしくなった油が因《もと》というのは、いつわかったんですか」

文之介は吾市にきいた。

「昨日の夜だそうだ。ころも屋に臨時廻りが乗りこんでいったらしい。その調べで、油がおかしいのがわかったそうだ」

「その油ですが、いつ仕入れたものなんですか」

「おとといということだ。ころも屋にあったのと同じ油が市ノ瀬屋に残っており、これもおかしくなっていたようだな」

「としたら、油をつくったところに責任があるんじゃないんですか」

「市ノ瀬屋をかばいたい気持ちはわからねえでもねえが、ころも屋におさめ入れたごま油は、市ノ瀬屋で特別につくったごま油なんだそうだ。あそこは油を仕入れるだけじゃなく、つくってもいるからな、いいわけはきかねえんだ」

「そうですか」

文之介は下を向いた。

「市ノ瀬屋はどうなるんですか」

「そいつはもう決まってる」

吾市がいいきる。

「これから俺たちが捕縛《ほばく》に向かうんだ。文之介、いつまでも突っ立ってねえで、とっと支度《したく》しな」

そうなのか、と文之介は思った。気が進まない仕事だが、やらないわけにはいかない。大がかりな捕物《とりもの》にはなりそうもなかったが、与力の桑木又兵衛《くわきまたべえ》から命じられ、文之介は一応、鎖帷子《くさりかたびら》を身につけた。

身支度をととのえ終えた直後、文之介たちに出役《しゅつやく》の命がくだった。

総勢三十人ばかりで、そのなかには勇七ももちろん加わっていた。

勇七もすでに他の中間から話をきかされたようで、暗い顔つきをしていた。

朝日が市ノ瀬屋を照らしだしている。

むろん、店はひらいていない。夜を越したそのままに戸締まりがしっかりなされているが、客の出入りのないひっそりとした店はどこか身を縮めているような風情に思えた。

桑木又兵衛が店の前に歩み寄り、戸を激しく叩いた。

すぐに応えがあり、戸が大きくあいた。

顔を見せたのは、文之介も一度や二度は話をしたことのあるあるじの半左衛門《はんざえもん》だ。

「半左衛門だな。出てこい」

又兵衛が命じると、半左衛門が一礼して庇《ひさし》の下に足を踏みだしてきた。しおれきった草のようで背筋は曲がり、やつれきった顔色はどす黒い。歳は四十半《なか》ばのはずだが、七十すぎの年寄りにしか見えない。

「縄を打て」

又兵衛がいうと、吾市と中間の砂吉《すなきち》が歩み出て、半左衛門の体に縄を巻いた。そんなにきつくしなくともいいのに、と文之介が感じたほどの打ち方だ。

「ほかの者も出ませい」

又兵衛がさらに命じる。番頭や手代たちなどの奉公人がぞろぞろと店の前に出てきた。さすがに老舗の大店《おおだな》で、その数は二十名をはるかに超えた。

こんなに連れていかなきゃならないのか、と文之介は暗い気持ちで思った。

「御牧さま、おききになりましたか」

丈右衛門は藤蔵に問われた。

「なにをだ」

「ころも屋さんのことです」

「ああ、きいた」

丈右衛門はうなずいた。

「昨日、つとめから帰ってきた文之介から」

「さようでしたか」

「気にはなっている。人死にも出たそうではないか。最近はほとんど足を運んでおらぬが、昔は足繁く通った店だ。あるじの徳兵衛も先代の徳三郎《とくさぶろう》もよく知っている」

二人とも、すばらしい腕を持つ天ぷら職人だ。徳三郎はすでにこの世にないが、徳兵衛は確実に父親の衣鉢《いはつ》を継いでいる。

だから、おかしな油をつかうようなへまを犯すはずがない。

丈右衛門は今、藤蔵があるじをつとめる三増屋にいる。嘉三郎のことなどはかなり気にかかっているが、今は文之介にまかせるつもりになっている。

ここにはいつものように将棋を指しに来たのだ。お知佳とお勢を八丁堀《はっちょうぼり》の屋敷にいさせるわけにはいかず、一緒に連れてきていた。

お知佳は今、お春の案内で店のなかを見物している。店には信じられないほど巨大な樽《たる》がいくつも据《す》えられている。

お知佳は目を疑うのではあるまいか。

だが、今はそんなことを考えている場合ではない。ころも屋のことが心配だ。

「徳兵衛は番所《ばんしょ》に連れていかれたそうだな」

「はい、さようで。牢《ろう》につながれているという話をききました」

「そうか」

「御牧さま」

藤蔵が恐ろしいことを口にするかのように声を低めた。

「どうやら八人もの人が犠牲になったそうにございますよ」

「なんだと」

丈右衛門は膝《ひざ》を立てた。気づいて座り直す。

「でも御牧さま、ころも屋さんだけじゃすみそうにないのでございます」

藤蔵は眉根《まゆね》を寄せている。いかにも深刻そうな表情だ。

丈右衛門はぴんときた。

「油屋か」

「はい、さようで」

丈右衛門は思いだした。

「ころも屋の仕入れ先は、確か深川元町の市ノ瀬屋だったな」

「よくご存じで」

「老舗だな」

「はい。どうやらおかしくなった油をころも屋さんにおさめ入れたのが、市ノ瀬屋さんだそうにございます」

「あの老舗がか」

「ええ、手前も信じられません」

藤蔵がうなるようにいい、首を力なく横に振った。

「だが、仮に市ノ瀬屋がおかしくなった油を入れたにしても、徳兵衛ほどの男が気づかぬというのも妙だ」

「御牧さまのおっしゃる通りにございますね」

どういう事情なのか、知りたい気持ちが丈右衛門のなかで急速にふくれあがろうとしている。

藤蔵によれば、八名もの死人をだすことになった油はころも屋に市ノ瀬屋が特別に調合した油とのことだが、どうしてその油がおかしくなってしまったのか。どうしてそのことに、ころも屋も市ノ瀬屋も気づかなかったのか。

疑問はあるが、自分は隠居の身だ。調べは現役の文之介にまかせるしかなく、丈右衛門は気持ちを抑えこんだ。

「しかし藤蔵、他人事《ひとごと》ではないな」

静かな口調でいった。

「はい、まったく」

藤蔵の表情には、かたい決意があらわれている。

「市ノ瀬屋さんのことを、他山《たざん》の石とするわけでは決してございません。でも、これまでずっとそうでしたし、これからも同じですけれど、商売に関しては手抜きすることは決してございません。そんな真似をしたら、この店を贔屓にしてくれているお客さまにいいわけのできないことになってしまいます」

そのことを肝に銘《めい》じているのは藤蔵の姿勢からよくわかっている。

藤蔵なら大丈夫だろう、と丈右衛門は全幅の信頼を寄せている。おかしな味噌や醬油を売ったりすることはまずあるまい。

「どうやら今朝、市ノ瀬屋さんは番所の人たちが連れていったそうにございますよ」

「そうか」

そのなかに文之介もいたのだろうか。

文之介は深川、本所の担当だ。まちがいなくいただろう。

文之介の性格からして、きっとやりたくない仕事だったはずだ。

「それにしても御牧さま」

藤蔵がため息をついていう。

「市ノ瀬屋さんはどうなるのでございましょうか」

丈右衛門には見当がついている。八人もの人死にをだしてしまった場合、その店のあるじが無事ですむはずがない。

藤蔵もすでに最悪の想像をしているのだろう。

六

疲れが体を覆《おお》っている。

足が重く、どこか引きずるような感じがある。

はやく眠りたいな、と思いつつ文之介は屋敷に帰ってきた。

腹は空いているはずなのに、あまり食い気がない。

新しく文之介の母親になったお知佳は包丁が達者で、いろいろと工夫した料理をつくってくれるが、今宵《こよい》は果たして腹に入れられるかどうか。

お知佳のつくるものは美味なので、食べはじめれば腹が空っぽであることに気づくはずとは思っている。

お知佳の機嫌《きげん》を損じるようなことはまず考えられない。

それに、丈右衛門が惚《ほ》れるくらいだから、お知佳はもともとおっとりしている。いつも同じような表情や態度でいる。

父上は、と文之介は思った。きっと一緒に暮らしていて楽だろうな。

そのあたりはうらやましい。

俺も一刻もはやくお春とそうなりたい。

だが、嘉三郎のことが片づくまで一緒になることはできないのではないか。

そんな気がしてならない。

それだけあの男は凶悪で、野放しにしておくわけにはいかないのだ。

門を入り、玄関に入る。

「ただいま帰りました」

大きな声でいって式台《しきだい》にあがった。

「お帰りなさい」

お知佳が迎えてくれる。お勢をおぶっている。

文之介はお勢をのぞきこんだ。

「相変わらずよく眠ってますね」

「ええ、この子は本当に寝るのが大好きですよ。いったい誰に似たんでしょう」

「お知佳さんではないですか」

本当なら母上と呼ばなければいけないのだろうが、歳は同じだし、文之介自身に照れがあり、なかなか呼べない。

そんな文之介の気持ちに気づいているのかどうか、お知佳が明るい笑みを浮かべる。

「そうなんでしょうね。考えてみれば、私も赤子の頃は寝てばかりいたと母親にいわれたものです」

刃引《はび》きの長脇差《ながわきざし》をお知佳が持ってくれる。廊下を進んだ。

女の人が屋敷にいるのはいいなあ、と文之介は心から思った。

なんといっても、丈右衛門と二人で暮らしていたときとはくらべものにならないほど屋敷内が華やいでいる。それに、明らかにきれいになっている。

文之介や丈右衛門が掃除《そうじ》をしなかったわけではないし、文之介自身、箒や雑巾《ぞうきん》をかけたりするのはきらいではないが、やはりやり方を心得ているというのか、お知佳の掃除は文之介たちとは一味も二味もちがうのだ。

こうしてしゃべりながら廊下を歩くのも実にいい。気持ちが安らぐというか、疲れが飛んでゆくような感じが確かにあるのだ。

やっぱり、一刻もはやくお春と一緒になりてえなあ。いや、ならなきゃならねえ。

「文之介さん、なにをぶつぶつおっしゃっているのですか」

お知佳に不思議そうにきかれた。

いつしかお勢も目を覚まし、文之介を見つめている。つぶらという形容こそがまさにふさわしい、黒々とした瞳だ。

親子だけに、二人の顔形は実によく似ている。お勢もお知佳と同様、きっと美形に育つのだろう。

文之介はうしろ頭をかいた。

「独り言をいうのが、子供の頃から多くて」

お知佳がくすりと笑う。

「文之介さんらしい」

文之介とお知佳は居間に入った。丈右衛門が茶を喫している。やや冷えているせいもあるのか、火鉢に炭が入れられ、赤々と燃えている。

丈右衛門は寒がりだ。その血を文之介は濃く受け継いでいる。

あぐらをかいた丈右衛門はくつろいでいる様子だが、表情にかげりがあらわれているような気がする。

これは親子だからこそ、わかることではないだろうか。いかにもくつろいだ顔をしているのは、新妻のお知佳に対する配慮にちがいない。

きっと、と文之介は思った。父上もころも屋や市ノ瀬屋のことを耳にしたのだろう。文之介がころも屋のことを知っているのは子供の頃、丈右衛門に連れていってもらったからだ。

「ただいま戻りました」

丈右衛門の前に正座し、文之介は帰宅の挨拶《あいさつ》をした。

「お帰り」

丈右衛門は言葉少なにいった。

お知佳から長脇差を受け取り、文之介は自分の部屋に入った。手ばやく着替えをすませて、居間に取って返す。

文之介は丈右衛門の前に再び正座した。お知佳は夕餉《ゆうげ》の支度に、台所に行ったようだ。食器の触れ合う音がきこえてくる。

丈右衛門が軽く笑いかけてきた。

「文之介、わしがききたいことをわかっているようだな」

文之介は笑みを返した。

「親子ですから」

「話してくれるか」

はい、と文之介はいって、ころも屋と市ノ瀬屋のことを語りはじめた。

丈右衛門は最後まで黙ってきいていた。

「文之介」

静かに呼びかけてきた。

「ころも屋にしても、市ノ瀬屋にしても、どこかおかしいのは、おまえも解しているだろう。妙に感じていることは徹底して調べたほうがいいな」

すでにそのつもりでいる。

「父上は、こたびの件は誰かが絡んで引き起こしたものとお考えになっているのですか」

　文之介自身、そうではないかとにらんでいるが、あえてたずねた。

　丈右衛門がむずかしい顔をする。

「かもしれんな」

「ころも屋や市ノ瀬屋にうらみを抱いている者の仕業《しわざ》ということですか」

「かもしれん」

「となると、ごま油に毒が入れられたということですか」

「そういうことになるかもしれん」

　丈右衛門は首を振った。

「だが正直なところ、さっぱりわからん」

「うらみを抱いている者の仕業として、その者はころも屋と市ノ瀬屋の両方に毒をしこんだことになりますね」

「そうだ」

「ふつうの者にできる所行《しょぎょう》ではありませんね」

「ふつうの者ではないのかもしれんぞ。あるいは、忍び入りを得手《えて》とする者に依頼したのかもしれん」

　なるほど、と文之介は相づちを打った。

「あと、いくらごま油がにおいがきついといっても、ころも屋や市ノ瀬屋の者たちがおかしいことにまったく気づかなかったというのも不思議です」

「においも味もない、そういう毒なのではないのかな」

「そういうことですか。ふむ、となると、よほど毒に長《た》けた者がやったということになりますね」

丈右衛門が顎《あご》を引く。

「文之介、ころも屋というより、むしろ市ノ瀬屋のほうにうらみを持つ者の仕業かもしれんぞ」

「はい、それがしもそういうふうに考えていました。結局、ころも屋は気づかず油をつかったということで、おそらく放免されるものと」

丈右衛門が無念そうな顔になる。

「だが、店は閉じざるを得まいな」

「ええ。ころも屋の廃業を願う者がこの世にいるかもしれませんが、その程度のことで、ここまではしないでしょう。やはり狙《ねら》いは市ノ瀬屋だと思います」

「市ノ瀬屋は老舗の大店だ。あの店がなくなれば、大儲《もう》けを望める店はいくらでも出てこよう」

やはりそういう筋なのかな、と文之介は思った。ここはとことん調べてみよう、と決意した。

翌日、文之介は桑木又兵衛に丈右衛門の考えを伝えた。

「よし、文之介、市ノ瀬屋にうらみを持つ者がいないか、徹底して探索してみろ。もちろん、ころも屋にうらみを抱く者がいないか、こちらも忘れるな」

さっそく勇七とともに探索をはじめたが、二つの店にうらみを持つ者など、まったく見つからなかった。

市ノ瀬屋は大店だけに商売の競《せ》りは激しく、商売敵《しょうばいがたき》と呼ぶべき店はいくらでもあるが、だからといって市ノ瀬屋を廃業に追いこむだけの理由を持つ商家などなかった。

実際に八人もの死者が出ていることもあり、それだけのことをしでかして露見した際のことを考えれば、当然のことといえた。

この探索には鹿戸吾市と砂吉、吾市がつかっている岡っ引《おかぴき》も加わった。

三日のあいだ、必死に調べてみたが、結局、市ノ瀬屋やころも屋を陥《おとしい》れるような理由を持つ者を見つけることはできなかった。

その後、市ノ瀬屋は質が悪く、安い油を利《り》を目当てに仕入れ、ころも屋に売りつけた、との判断が吟味方《ぎんみがた》でなされた。

市ノ瀬屋のあるじの半左衛門は抗弁したようだが、認められなかったようだ。

半左衛門は死罪、すべての家産は没収ということになった。

半左衛門の家人は重追放、奉公人は中追放に決まった。

ころも屋の主人徳兵衛は敲《たた》き刑の上、放免となった。

ただし、店はこのまま廃業だろう。

ころも屋の天ぷらが大好きな文之介には、残念でならないが、死んだ八人のことを考えた場合、それも致し方あるまい。

仮に自分がその立場になったら、同じことをするだろう。

もしかすると、あまりに申しわけなくて、自ら命を絶つかもしれない。

天ぷらに命を懸けていたのがはっきりと伝わってきたあるじだ、十分にあり得ることのように思えた。

だからといって、文之介にできることはない。ずっと徳兵衛に張りついているわけにはいかないのだ。

丈右衛門は徳兵衛と親しいから、頻繁に訪問して思いとどまらせようとするかもしれないが、それだって限界がある。

無力さを感じた文之介は、ただ唇を嚙《か》み締めることしかできなかった。

市ノ瀬屋の主人の半左衛門の刑の執行は、小伝馬町《こでんまちよう》の牢屋敷のなかで行われたはずだ。

それがいつなされたものか嘉三郎にはわからなかったが、半左衛門が死罪に処されたという噂《うわさ》はすぐ耳に届いた。

やったぞ。

隠れ家の居間に一人座り、嘉三郎はにやりと笑みを浮かべた。

うまくいった。

これで、もはや標的は逃れるすべはない。

嘉三郎は、目の前に文之介と丈右衛門の顔を引き寄せるように思い浮かべた。

悲しみに沈み、濡《ぬ》れた草のように打ちひしがれた二人の姿が、目の当たりにしたようにくっきりと見えた。

第二章　恨み味噌

一

味噌の香りに包まれている。

藤蔵はこれ以上ない、幸せを感じた。

こうして蔵に入り、誰にも邪魔されずに一人、味噌の出来を調べているのは、至福のときといっていい。

味噌と醬油を扱う店の跡取りに生まれ、本当によかったと心から思える。

紛《まぎ》れもなく天職だろう。

仮に跡取りに生まれなかったとしても、きっと味噌や醬油に関わる仕事を選んだにちがいない。

それほどまでにこの仕事が好きだ。好きこそものの上手なれということわざがあるが、まさに自分のためにあるような言葉ではないか。

味噌や醬油の善し悪しを見わける目は、かなりの技倆にあると思っている。これはうぬぼれでもなんでもない。

名の知られた問屋ということで、これまで多くの味噌屋や醬油屋の売りこみがあった。そのなかで取引をしたいと藤蔵自身、願った蔵はそう多くない。

今のところ、七つの店と取引をしているにすぎない。

これは三増屋くらいの大店では、相当少ないほうだろう。厳選しているのだ。

だからこそ、客の信用は高くなっている。三増屋の味噌でなければ駄目、醬油でなければいい味が出ない。そういうふうにいってくれる客先は多い。

これからも、その姿勢を変えるつもりはない。この世に自分が生きている限りだ。

いや、それだけでは足りない。この世に三増屋という店がある限りだ。

跡取りの栄一郎《えいいちろう》にもそのことはよくいいきかせてある。

栄一郎ももう十七で、そのことはよくわかっているようだ。

藤蔵自身、父親からよくいいきかせられた覚えがある。しつけというのは大切なことなのだ。

「旦那さま」

振り返ると、入口に手代《てだい》が立っていた。

「お客さまです」

「どなたかな」

今日、丈右衛門は来るとはいっていなかった。もっとも、不意に訪れることが多い人だ。

手代が名を告げる。

「わかった、すぐに行く。座敷にお通ししてくれ」

承知いたしました、と手代が去ってゆく。

それを追うように藤蔵は蔵を出た。着物は少し汚れている。自室に戻り、手ばやく着替えをした。

廊下を歩き、客間の前にやってきた。着物がどこもおかしくないのをもう一度確かめてから、失礼します、と声をかけた。

襖をあける。二人の客が頭を下げ、畳に両手をそろえている。

「ご多用のところ、お手間を取らせて申しわけなく存じます」

一人が深みのある声でいった。

「いえ、こちらこそお待たせしました。ご足労いただき、ありがとうございます」

藤蔵は客間に入り、正座した。二人の前には茶が置いてある。湯飲みの蓋《ふた》は取られていない。

「どうぞ、召しあがりください」

「では、遠慮なく」

二人は湯飲みを取りあげ、茶を喫しはじめた。

藤蔵も自分の湯飲みを手にした。

「いつもながら三増屋さんのお茶はおいしいですなあ。気持ちがほっとやわらぎますよ」

目の前に座っている二人は、本店を京都《きょうと》に置く吉加屋《よしかや》という上方の商人だ。

一人は江戸店《えどだな》の支配役をまかされている功右衛門《こうえもん》、もう一人は番頭の田埜吉《たのきち》だ。

吉加屋は京において味噌をつくっている蔵元だが、ここ最近、三増屋に売りこみをかけてきているのだ。

二人はもともと上方の者とのことだが、江戸で商売をはじめる以上、上方言葉を話さないことに決めているらしい。

だから、藤蔵のような江戸っ子がきくと、少し妙な江戸弁に感じられる。

二人が吉加屋に奉公をはじめたのはもう三十年も前のことらしく、吉加屋自体、京ではかなりの老舗のようだ。

半年ほど前に、吉加屋は江戸に店をだしたときいている。

さすがに江戸は競りが激しいが、この二人が三増屋にやってきたのは、三増屋が特に選んだ味噌や醤油しか扱っていないことを知ったからのようだ。

三増屋と取引をはじめられれば、その信用で他の店に品物を売りさばいていくのは、かなりたやすいものになるという目論見があるらしい。

座敷には、味噌の香りが漂っている。三増屋にとってはいつものことだが、この香りは自分のところのものでないのを、藤蔵は感じ取っている。

田埜吉のかたわらに眼差しを移す。

「今日は、こちらをご覧いただこうとまいったのです」

藤蔵の目の動きを覚った功右衛門がいい、田埜吉が小さな樽を前に押しだした。なかには二百五十匁《もんめ》ほど入っていそうだ。

「手前どもの扱っている味噌です。今日は白味噌をお持ちしました。どうか、味見をしていただけませんでしょうか」

二人がこうしてやってきたのはこれが三度目だが、見本を持ってきたのははじめてだ。

前回、藤蔵が味見をしたいといったので、さっそく持ってきたのだ。

どうぞ、と功右衛門が蓋をあける。ふんわりとした味噌の香りが鼻先をかすめる。

いい味噌だな。

藤蔵は直感した。

指先ですくってなめてみた。

まず甘みがきて、次にやわらかな辛さが口に広がった。いやみがまったくない味噌だ。

「すばらしい」

藤蔵は感嘆の声をあげた。

「まことですか」

功右衛門と田埜吉の二人が同時に身を乗りだす。

「これほどの味噌なら、こちらから頼んで仕入れたいくらいですよ」

藤蔵は二人を交互に見つめた。

「はなから自信がおありになったのではないですか」

「とんでもない」

功右衛門が顔の前で手を振る。

「京ではこの味噌は受けておりますけど、江戸でどうかというのは手前どもには正直、わかりませんから、自信などありませんでした」

功右衛門が茶で唇を湿した。

「もちろん、味噌自体の出来には自信を持っております。そうでなければ、三増屋さんに売りこみをかけるような真似はいたしません」

「そうでしょうね」

藤蔵はもう一度なめてみた。やはりすばらしさに変わりはない。

「その樽でおいくらですか」

藤蔵は功右衛門にきいた。功右衛門が樽に蓋をした。

「こちらは二百五十匁入りですが、ちょうど百文《もん》です」

安くはないが、決して高くない、と藤蔵は思った。

三増屋で扱っている上味噌は、二百八十匁で百文だ。むろん、もっと高価で高級な物もあるが、この味よりむしろ落ちるような気がする。二百五十匁百文なら、むしろ安すぎるくらいではないだろうか。

「これは京より運んでくるのですか」

「はい、さようです。もちろん船で」

「それでこの値というと、儲けはあるのですか」

功右衛門がやんわりと首を振る。田埜吉は小さく笑みを浮かべている。

「いえ、ありません」

功右衛門が答えた。

「でしたら、どうしてそんな値をつけるのですか」

「ずっとこの値といわれますと、うちとしてもつらいものがあります。最初の十樽だけ、この値でお願いしたいのです」

なるほど、と藤蔵はうなずいた。

「品物の動きなど様子を見て、値をあげてゆくということですね」

「はい、そういうことです」

「その樽は、まさかこの二百五十匁入りのものではありませんね」

「むろんです」

功右衛門が当然ですという顔で説明する。

「石樽になります」

「わかりました。この味噌を石樽でずっと入れていただくのであれば、その条件で取引をいたしましょう」

「まことですか」

功右衛門が目をみはる。横で田埜吉も同じ顔だ。

「ええ。うちの一番番頭とも相談しなければなりませんが、これだけの味噌なら否やはないと存じます」

「さようですか」

功右衛門は安堵に顔をほころばせている。実際には田埜吉と手を取り合いそうなくらい、喜んでいるようだ。

「納入は大丈夫ですね。品物が切れるなどということはありませんね」

「もちろんです。手前が責任を持って、三増屋さんが必要な量を入れさせていただきますよ」

功右衛門が自信たっぷりに請け合う。

「ただ一つ手前からお願いがあります」

藤蔵は申し出た。

「はい、なんでございましょう」

功右衛門が少しだけ水を差されたような表情できき返す。

「無理難題を申すつもりはございません。吉加屋さんのお店を、この目で見てみたいのですよ」

店というより、奉公人の働きぶりを目の当たりにしたかった。奉公人の姿勢や表情にはその店の雰囲気が色濃く出るからだ。

「そのようなことでしたか」

功右衛門は田埜吉と顔を見合わせ、ほっとしている。

功右衛門が人のいい笑みを向けてきた。

「もちろん、かまいませんよ。是非ともいらして、手前どもの働きぶりをご覧になってください」

吉加屋は明石町《あかしちょう》にあった。

河岸をはさんで、海が目の前に大きく広がっている。

藤蔵は連れてきた一番番頭の磯左衛門《いそざえもん》とともに、風を一杯にはらんだ白帆《しらほ》の船が何艘《なんそう》も行きかう光景を眺めた。

「いい景色ですね」

藤蔵は功右衛門にいった。

「ええ、まったくです」

功右衛門が大きく顎を引く。

「京は海がありませんから、江戸のはずれとはいえ、こういうところに店を持てたというのは、手前はとても満足しております」

店自体、そんなに広いものではなかった。古い建物を買い取り、味噌屋としての体裁をととのえたのだそうだ。

奉公人もそんなに多くはない。これから商売が大きくなるにつれ、だんだん多くしてゆくつもりとのことだ。その場合、江戸の者をできるだけ雇いたいと功右衛門は藤蔵に告げた。

「それはいいことですね。江戸で生まれ育った者として、とてもうれしく思いますよ」

奉公人たちは明るく働いている。表情が生き生きしており、これは商売が順調にいっているなによりの証《あかし》だろう。

藤蔵は磯左衛門にうなずきかけた。

磯左衛門はうなずき返してきた。これなら取引してもまず大丈夫でしょう、と目がいっている。

翌日、さっそく十の石樽が三増屋に運びこまれた。

藤蔵は番頭の磯左衛門とともに一樽を味見し、うまい、ともう一度感嘆の声をあげた。

この味噌は、うちの看板商品になると確信した。

それにしても、これは幸運以外のなにものでもない。

長いこと実直に商売を続けていれば、こういうこともあるのだなあ。

やったぞ。藤蔵は心のなかで、大きく喜びの声をあげた。

二

目が覚めた。

文之介は寝床でのびをした。

もう朝なのか。

雨戸が閉められているが、部屋にはどこからともなく光が忍びこんできており、けっこう明るくなっている。

起きるか。

しかし、体がしびれたように疲れていて、文之介はもっと眠っていたかった。

だが今日は非番で、いつものように仙太たちが遊びに来ることになっている。

約束を破ることはできない。それに、前回の非番のときほど疲れてはいない。

文之介は起きあがった。

こんなに疲れているというのも珍しい。やはり、ころも屋や市ノ瀬屋のことが重くのしかかっているからか。

ころも屋のあるじの徳兵衛が、自らの命を絶ったという話はきかない。丈右衛門はかなり気にして、これまで二度、ころも屋に足を運んでいる。

その話をきく限り、自殺の心配はないように思える。元気とはとてもいえず、店を再開するつもりもないようだが、少なくとも命を絶つことで自らの重荷を放棄するつもりもなさそうとのことだ。

人を見る目がある丈右衛門の言だから、見まちがいということはあるまい。

文之介は着替えをすませ、廊下に出た。

台所に行く。

お知佳がお勢をおんぶして、かまどの前にいた。

「おはようございます」

文之介は挨拶した。

お知佳が明るい笑顔で返してきた。

「文之介さん、朝餉《あさげ》にしますか」

「お願いします」

お知佳が支度に取りかかった。

文之介は台所の隣の部屋に座って、できあがるのを待った。

やはり女の人がいるのはいいなあ。

丈右衛門と二人きりのときは、自分でつくるしかなかった。

包丁を握るのはきらいではないが、得手でもない。包丁が達者な人につくってもらえるのなら、これ以上のことはなかった。

「お待たせしました」

お知佳が膳《ぜん》を持ってきた。

膳の上に置かれているのは納豆と梅干し、たくあん、豆腐の味噌汁というものだ。それにご飯だ。

いつものありふれたものにすぎないが、お知佳に支度してもらうと、最高にうまそうに見えた。

「いただきます」

文之介はさっそく箸を手に取り、茶碗を持った。飯をかきこむように食べる。

「文之介さん、そんなにあわてて食べなくても、ご飯は逃げませんよ」

「ああ、そうですよね」

文之介は、ゆっくりと落ち着いて食べはじめた。

うまい。特にご飯が甘い。納豆と実によく合う。

　豆腐の味噌汁もうまい。味噌はこれまでと同じはずなのに、自分たちがつくっていたものとはまるで別物だ。これはお知佳が屋敷にやってきてから、常に感じていることだ。

すっかり満足して文之介は箸を置いた。目を覚ましたときに感じた疲れは、どこかに飛んでいる。

「ごちそうさまでした」

心の底からいった。

「とてもおいしかった」

「本当ですか」

お知佳が娘のように喜ぶ。

「ええ、それがし、嘘《うそ》は苦手です。本当のことしか口にしません」

「よかった。文之介さんのようにほめてもらうと、つくり甲斐《がい》があります」

「父上はほめぬのですか」

「いえ、文之介さんと同じように、おいしい、おいしいとほめてくれます」

「それはよかった」

文之介は二人がうまくいっているのが実感でき、心が弾んだ。一緒になる前は歳の差を心配する声もあったが、想い合っている二人にはやはり関係ないのだ。

正直、文之介はうらやましい。またお春を思いだした。

「父上はどうされているのですか」

「お出かけになりました。またころも屋さんに行くとおっしゃっていました」

「そうですか」

文之介はお勢をおぶっているものの、お知佳と二人きりでいることに少し胸がつまるものを覚えた。

咳払いして、文之介は膳を片づけようとした。

「いいんですよ。そのままで」

お知佳が制する。

「文之介さん、いつもいっているじゃありませんか。男の人がそんなこと、せずともいいって」

「でも、なにか申しわけなくて」

「本当にかまいませんから」

「はあ、わかりました」

なんとなくほっとして外に出た文之介は井戸で顔を洗い、歯を磨いた。

空は晴れ渡っており、雲一つない。そのためか、今朝はいっそうの冷えこみだったようだ。

井戸の水は昨日よりさらに冷たかった。冬が確実に近づいてきている。

文之介は顔を手ぬぐいでふきつつ、自分の部屋に戻ろうとした。

すぐに足をとめた。道を駆けてくるいくつもの足音がしたからだ。

やってきたな。

そちらを見ていると、案の定、幼い子供たちが姿をあらわした。七人いる。

「文之介の兄ちゃん」

先頭にいた仙太が声をだす。

「おう、来たか」

「文之介の兄ちゃん、おいらたちを待ってたんだ。暇なんだね」

これは保太郎だ。

「馬鹿いうな。たまたまここにいたら、おめえたちがやってきたんだよ」

「ふーん、そうなの」

「なんだ、信じねえのか」

「そんなこともないけど」

「文之介の兄ちゃん、はやく遊びに行こうよ」

こういったのは寛助だ。

「わかってるよ。ちょっと待っててくれ」

文之介は自室に戻り、刃引きの長脇差を差した。

なにがあるかわからない。嘉三郎は相変わらず野放しだ。仙太はあの男にかどわかされた。次に別の子供を狙ってきてもおかしくはない。

文之介は常に、一人で遊びに行くな、と子供たちにいいきかせている。

その甲斐あって、子供たちは常にひとかたまりになって動いているようだ。

みんなで行徳河岸《ぎようとくがし》近くの原っぱに向かう。

「ねえ、文之介の兄ちゃん、こないだの勇七兄ちゃんとお師匠さんの祝言、よかったね」

小走りになりながら、仙太がいう。

「こないだっていっても、もう二十日以上も前になるぞ。なんで今頃、そんなことをいうんだ」

「二十日以上も前っていっても、文之介の兄ちゃんとはあの祝言について話したことはないんだよ」

「あれ、そうだったか」

「そうだよ。文之介の兄ちゃんとちゃんと会うのは、久しぶりなんだから祝言の話はできなかったでしょ」

そういわれてみると、その通りだ。今日遊ぶのを約束したのは、おととい、道でばったり会ったからだ。

前回の非番は、文之介が嘉三郎をとらえようとがんばりすぎたために、体を休めることに専念し、子供たちとは遊ばなかった。

文之介は仙太にうなずいた。

「ああ、いい祝言だったな。気持ちが休まるというか、心あたたまるものがあったよ」

「本当だよね」

仙太が相づちを打ち、文之介を見あげる。

「ところで、文之介の兄ちゃんはいつ祝言をあげるの」

文之介は戸惑った。

「まだわからねえ」

「相手がいないんだね」

「いるさ」

「えっ、誰」

ほかの子供たちも仙太同様、驚いているようだ。

ここは思い切っていってもいいだろう、と文之介は判断した。いうことで、うつつになりやすいということもあるはずだ。

「おめえたちはまだ会ったことはねえかな。お春っていうんだ」

「知ってるよ」

息を弾ませつつ、仙太があっさりいう。

「どうして」

「前に、文之介の兄ちゃんが一緒に歩いているところを見たことあるから。味噌や醤油を売ってる三増屋さんの人だよね」

「ああ、そうだ」

「きれいな娘さんだよね」

保太郎がうしろからいってきた。

「まあな」

「文之介の兄ちゃんにはもったいない人だよ」

「文之介の兄ちゃんがあの人をお嫁さんにできるはずがないよ」

「そんなことができたら、天が落っこちてくるよね」

「お日さまだって西からのぼっちまうよ」

子供たちが口々にいう。

「うるさい。俺はお春を嫁さんにするって前から決めてるんだ」

文之介は、子供たちを相手に強くいい張った。

「だから、お春は俺の嫁さんになるって決まってるんだ」

「ふーん、そうなの」

仙太が振り返り、みんなを見渡す。

「妄想だとしか思えないけれど、文之介の兄ちゃんがかわいそうだから、そういうことにしてやろうよ」

合点《がってん》承知、と子供たちが声をそろえた。

「仙太、おめえ、妄想とかいうな。いいか、きっとうつつのものにしてやるから、おめえら、よく見てろよ」

文之介は仙太を見つめた。

「だが仙太、おめえ、よく妄想なんて言葉、知ってやがんな。弥生ちゃんから教わったのか」

「そうだよ。おいらたち、まじめに手習に励んでいるからね」

原っぱに着いた。

やや冷たい風が、枯れ草が目立ちはじめた草原を吹き渡ってゆく。

文之介は背筋を震わせる寒さを覚え、襟元をかき合わせた。

「文之介の兄ちゃん、寒いの」

寛助にきかれた。

「馬鹿いうな。俺は寒さなんて、これまで感じたことはねえ」

「へえ、そいつはすごいね」

「寛助、おめえ、馬鹿にしたようなその目はよせ」

「文之介の兄ちゃん、おいらは馬鹿になんかしてないよ」

「そうかな」

「そうだよ。そんなことより、文之介の兄ちゃん、はやく遊ぼうよ」

「おう、そうだな」

いつものように鬼ごっこからはじめ、次に剣術ごっこに移った。

「文之介の兄ちゃん、誰がほしい」

仙太にきかれ、文之介は考えた。

「そうさな、いつも仙太か進吉だから、今日は次郎造をもらうか」

次郎造は体が小さいが、その分、身ごなしが軽く、剣術ごっこでは頼りになりそうな気がする。

「ねえ、文之介の兄ちゃん、本当においらでいいの」

次郎造が意外そうにきく。

「ああ、頼りにしてるぜ。でも次郎造、裏切るんじゃねえぞ」

「わかってるよ。そんな真似、決してしないよ」

文之介は次郎造を背中に張りつかせ、六人の子供たちと相対した。手渡された棒きれをぎゅっと握る。

とにかく油断ができねえのは、と文之介は目を光らせた。なんといっても仙太だ。常にいろいろと策を練ってくる。これまで文之介は何度も痛い目に遭わされている。

文之介は子供たちがどう出るか、まずは見極めることにした。

しかし子供たちは激しく棒きれを振るってくるだけで、なにも仕掛けてこない。次郎造も忠実に背中を守ってくれている。寝返ろうとする気配など、微塵《みじん》もない。

おかしいな。

そう思ったものの、文之介は油断をしなかった。少しでも油断したら、必ずつけこんでくるのが仙太だ。

だが、子供たちの様子に変わりはない。ひたすら、棒きれを振るっている。

これなら負けるはずがない。文之介には勝つつもりもないから、子供たちの棒きれを打ち返し続けた。

仙太の野郎、と文之介は思った。とうとう種切れになりやがったな。

心中でほくそ笑んだが、そうやって打ち返しているだけというのも退屈だった。

「あれっ」

唐突に声をあげたのは、松造だ。

なんだ、どうした、と思ったが、文之介は声にだしはしなかった。

松造は棒きれを持つ手をとめ、文之介の背後を眺めている。

「あの女の人、お春さんじゃないの」

なに。

文之介は思ったが、これは仙太が考えた手だと直感し、振り向きはしなかった。

「本当だ」

ほかの子供たちも見はじめた。

「文之介の兄ちゃん、駆けてくるよ。なにか用事があるんじゃないの」

「仙太、その手に乗るか」

「なんだ、信じないんだ」

仙太が手を振った。

「文之介の兄ちゃんはここだよ」

「ああ、にこにこ笑ってるよ。文之介の兄ちゃん、お春さんて本当にきれいだね」

こういったのは保太郎だが、その顔があまりに真剣で、その上、仙太をはじめとする全員が棒きれをだらりと下げているので、文之介はちょっとだけ見てみようという気になった。

ちらりと振り返る。

誰もいない。草をなぎ倒そうと、さっきより強くなった風が吹きまくっているだけだ。

文之介がしまったと思ったのと、隙《すき》ありという声がかかったのが同時だった。

文之介は、向こうずねに強烈な痛みを覚えた。足が宙に浮き、もんどり打って倒れる。そこに子供たちの棒きれの雨が注ぐ。顔や頭は打たないという約束だが、文之介は頭を抱えて丸くなった。足や尻を打たれっぱなしになり、ひどい痛みが全身を走り抜ける。

「もう勘弁してくれ」

文之介はたまらず叫んだ。

「頼むからやめてくれ」

「降参するの」

「ああ、降参だ」

棒きれの雨はようやくやんだ。

文之介はそれを確かめてから、土の上にあぐらをかいた。

「くそっ、やられた」

文之介は仙太を見た。

「おめえが最初に勇七たちの祝言のことを持ちだしたのは、俺にお春のことを思いださせるためだな」

「そうだよ」

仙太がこともなげにいう。

「くそっ、引っかかっちまった」

文之介は土を拳《こぶし》で叩《たた》いた。そのつもりだったが、叩いたのは小さな石だった。

「痛え」

文之介は、手から血が出ていないか見てみた。

「大丈夫みたいだね」

保太郎がのぞきこんでいった。

「ああ、なんとかな」

一応、文之介は唾をつけておいた。

「こうしておけば、安心だな」

そのあとも相撲を取るなどして、文之介は子供たちと遊んだ。

日暮れがやってくる前に子供たちとわかれた。嘉三郎のことが頭にあり、はやめに帰したほうがいいと判断したのだ。

「じゃあ文之介の兄ちゃん、これでね」

「さよなら」

「また遊んでやるからね」

口々にいって、子供たちが遠ざかってゆく。

「遊んでやってるのは、俺のほうだ」

叫ぶように子供たちにいって、文之介も屋敷への道をたどりはじめた。

ただ、このまま帰るのもなんとなくもったいなかった。

よし、お春の顔を見に行こう。

文之介は方向を転じ、三増屋へ向かった。

夕暮れが急速に近づくなか、三増屋は繁盛していた。入る客、出てくる客がひっきりなしだ。

文之介はそんな人たちにまじって、暖簾を払った。

「いらっしゃいませ」

元気のいい声がかかる。これはいつものことだ。商売は変わらず順調なのだ。

文之介は、若い手代によって奥へと通された。

「忙しいところ、すまねえな」

「いえ、ほかならぬ御牧さまですから」

文之介は夕闇《ゆうやみ》が迫り、暗くなりはじめた座敷にあぐらをかいた。手代が行灯に灯《ひ》を入れてから、少々お待ちくださいと出ていった。

着物に土がついている。払っていると、失礼します、とお春の声がした。

文之介はあわてて座り直したが、着物の裾《すそ》を踏んづけて転げそうになった。襖があき、お春が入ってきた。

「なにしてるの」

不思議そうにきく。

「ああ、ちょっとな」

なにがあったのか解したらしいお春が小さく笑う。ああ、かわいいなあ、と文之介は胸が締めつけられるような思いを抱いた。

「相変わらずそそっかしいのね」

「そんなことはないさ。俺は昔からしっかり者だぜ」

「文之介さんがしっかり者だったら、この世にうっかり者はいなくなってしまうわね」

文之介は感心した。

「しっかり者とうっかり者か。うめえこと、いうじゃねえか」

お春が首をひねる。

「そうかしら」

お春がふとなにかを思いついたような表情になった。

「そうだとも」

「そうだ、文之介さん、小腹が空いてない」

「空いてるっていえば空いてるな。子供たちと遊んできたところだから」

「ちょっと待っててね。お味噌汁、つくってくるから」

「味噌汁か」

「いやなの」

「そんなことはないさ。夕餉は屋敷でとらんとまずいから、ちょうどいいな」

「お知佳さん、包丁が達者なんでしょ」

「とてもな」

「待っててね。お知佳さんに負けないようなお味噌汁つくってくるから。とてもいいお味噌が入ったの」

さほど待つこともなくお春が戻ってきた。ごていねいに、椀を膳の上に置いている。

「このくらいしてもいいほど、いいお味噌なのよ」

「へえ、どこの味噌だい」

京とのことだ。

「へえ、都の味噌ってのははじめてのような気がするな」

文之介は、目の前に置かれた椀をのぞきこんだ。

「うまそうだ。とてもいい香りだな」

「そうでしょう。そんなに高くないんだけど、まだ入荷する量が少なくて、こうしてお客さんが来ないと、うちでも味噌汁をつくることができないの」

「そうか。そりゃ、貴重な味噌だな」

「でも、おとっつあんがご隠居に届けたかもしれないわ」

「ああ、そうなのか」

「でもここで味を見てもらってもかまわないわよね。味見もしないでつくっちゃったから、濃すぎるかもしれないけど」

「いや、お春がつくったものなら、まちがいなくうまいさ」

「食べてみて」

「いただきます」

文之介は箸を取り、椀を手にした。具はわかめと豆腐だ。

文之介は口をつけ、ゆっくりとすすった。

「うまいなあ。やわらかな甘みがある」

だが、次の瞬間、火をつけられたかのように胃の腑《ふ》のあたりが熱くなった。

なんだ、と思う間もなく体が魚のようにはねあがった。

文之介は、なにが起きたのかわからなかった。

暗黒が一気に目のなかに押し寄せてきて、気を失った。

三

あの様子なら、と丈右衛門はころも屋のあるじ徳兵衛を思いだした。すぐに命を絶つようなことはあるまい。

亡くなった人に申しわけない、と泣きじゃくっているのに変わりはないが、気持ちが落ち着いてきている様子なのは、なんとなくわかる。涙は薬なのだ。流すことで、心をもとに戻そうとする働きがまちがいなくある。

ただし、店が再開されることは決してあるまい。徳兵衛は、二度と天ぷらを揚げることができなくなってしまったのだ。

それも仕方あるまい、と丈右衛門は思う。なにしろ自分のつくった天ぷらで八人もの人が死んだのだから。

怖さが残るだろうし、徳兵衛に責任はないといっても、名を売ってきた天ぷら職人として妙な油に気づかなかったというのは、自らを許せない気持ちで一杯なのだ。

あの天ぷらを二度と食せないというのは残念至極だが、徳兵衛の気持ちを慮《おもんぱか》れば、真っ当な判断だろう。

丈右衛門は、お知佳がいれてくれた茶を喫した。

ため息をついて、天井を見あげる。いつしか見えにくくなっている。闇が忍びやかに屋敷内に入りこんできている。

丈右衛門は行灯をつけた。淡い明るさが広がり、これ以上の闇の侵入は途絶えた。

台所から、いい香りが漂ってきている。

お知佳がつくる夕餉のにおいだ。

空腹が募った丈右衛門は我慢できずに立ちあがり、台所をのぞいた。

「まだかな」

「もう少しですよ」

お勢をおぶったお知佳が笑っていう。

「男の人が、台所に来ちゃいけません」

「そなたが来てくれる前、わしと文之介は入り浸っていたぞ」

「でも、もうそうせずとも大丈夫でしょ」

「まあ、そうなんだが」

「おわかりになったら、お戻りになってください」

体をひるがえしかけて、丈右衛門はとどまった。

「その味噌は、藤蔵が届けてくれたものかな」

お知佳が樽から取りだそうとしている。

「ええ、そうです。私、京の味噌って食べたことがないものですから、どうしても食べたくてさっそく」

「すごくいい味噌だと藤蔵はいっていた。楽しみだな」

「ええ、本当に」

お知佳が味噌をとき、柄杓《ひしゃく》ですくって味見しようとした。

「——御牧さま」

表のほうから声がきこえた。

「どなたか見えたようですね」

お知佳が耳を澄ませていう。顔がややかたいのは、呼び声にどこか悲痛なものを感じているからだろう。

「なにかあったのかな」

丈右衛門は平静を装っていった。今日、非番だった文之介の帰りがおそいのが気になっている。

「見てくる」

丈右衛門は足を急がせた。お知佳もお勢をおぶったままついてきた。

玄関にいたのは、丈右衛門も会話をかわしたことがある三増屋の手代だ。闇が背後に広がっているが、丈右衛門は手代の顔が蒼白《そうはく》なのを見て取った。

「どうした」

手代が早口でなにかいった。相当、泡を食っている。水を飲ませたいくらいだが、すぐには持ってこられない。

「落ち着いて話してくれ」

「承知いたしました」

手代がゆっくりと話す。

丈右衛門は、自らの顔色が変わったのをはっきりと解した。


提灯を手に、手代が先導する。

丈右衛門は必死に走った。ふだんはすぐの三増屋がなかなか見えてこない。

背後で荒い息づかいがきこえる。お知佳がついてきているのだ。

お勢は丈右衛門がおぶっている。激しく揺さぶられているために目を覚ましているが、こんなときでも泣くことはない。

ありがたかった。丈右衛門を案じたような瞳でじっと見ている。その健気《けなげ》さに、丈右衛門は打たれ、涙がにじみそうになった。

ようやく三増屋に着いた。

店はすでに閉められているようだが、戸が少しだけあいている。

丈右衛門たちはそこからなかに入った。座敷に向かう。足音が荒くなるのをとめようがない。

「ああ、御牧さま」

藤蔵が廊下に出てきた。

「話はきいた。容体は」

「今、寿庵先生が診《み》てくださっています」

「寿庵さんが来てくれたのか」

腕のいい町医者で、気心は知れている。丈右衛門は、安堵の気持ちが芽生えたのを感じた。

座敷に足を踏み入れる。

真んなかに布団が敷かれ、そこに文之介が寝ていた。寿庵が脈を診、助手が寿庵の指示で薬を調合していた。

文之介はひたすら眠っているようにしか見えないが、よく見ると、まるで息をしていないようだ。

丈右衛門は、寿庵の邪魔にならない位置に腰をおろした。うしろに正座したお知佳に、お勢を預ける。

文之介の顔を見つめた。

顔色がよいとはいえないが、そんなに驚くほど悪くはない。

「御牧さん、心配はいらないと思う」

寿庵が、文之介の手を布団のなかに戻していった。

「脈はややはやいが、その程度だ。もともとの体が頑健なんだな」

丈右衛門は寿庵を見つめた。

「気休めでいっているわけではないな」

むろん、と寿庵がいった。

「わしとあんたの仲で、そんなことをいう必要はなかろう。まずいときははっきりというさ」

「そうか。ありがとう」

丈右衛門は、眠りをむさぼっているように見えるせがれに視線を移した。

「なににあたったんだ。味噌汁ときいたが」

「申しわけないことにございます」

いきなり藤蔵が畳に額をこすりつける。横でお春も同じことをした。

「二人とも顔をあげなさい」

丈右衛門は静かにいった。だが、二人はあげようとしない。

「どういうことがあったか、ききたいんだ。二人とも、頼むから顔をあげてくれ」

藤蔵とお春は額を畳からかすかに離した。

「どうやら毒だな」

寿庵が丈右衛門に説明する。

「どんな毒かはわからんが、味もにおいもしない毒らしい。それが味噌に含まれていたんだ」

市ノ瀬屋の場合とまったく同じだな、と丈右衛門は思った。あれは、何者かに油に毒をしこまれたものとにらんでいるが、今度は三増屋で同じことが起きたというのか。

お春が、なにがあったか語りはじめた。

きき終えて、丈右衛門は藤蔵を見た。

「その味噌はどうしている」

「はい、売ってしまったものをとにかく集め戻している最中です」

「そうか」

それ以外、今するべき方策はないだろう。

座敷には入れ代わり立ち代わり、番頭や手代が入ってきて、藤蔵に耳打ちする。そのたびに藤蔵の表情が暗くなる。

次々に悲報が入っているのだ。

藤蔵が呆然《ぼうぜん》とした目を向けてきた。

「御牧さま、とんでもないことになりました。亡くなった方がいらっしゃいます」

この分では、と丈右衛門は思った。いったいどれだけの人死にが出るものか。

もしかすると、ころも屋で出た八人というのを上まわるかもしれぬ。

だからといって、丈右衛門にはどうすることもできない。

廊下を駆けてくる、あわただしい音がきこえた。

また悲報かと丈右衛門は思ったが、あらわれたのは勇七だった。

「旦那っ」

丈右衛門の横に正座し、文之介の顔をのぞきこんだ。

「旦那……」

勇七が丈右衛門に顔を向けてきた。息をしていないように映ったようで、まさかという思いが顔に色濃く出ている。

「案ずるな、勇七」

丈右衛門はいいきかせた。

「命には別状ないそうだ」

「ほんとですか」

「ああ、本当だ」

「よかったあ」

そのまま畳の上に大の字になるのではないかと思えるほど、勇七は安堵の色を表情にあらわした。

勇七は泣きはじめた。

「泣くな」

丈右衛門は肩を静かに叩いた。

「勇七、泣いている場合じゃない」

勇七が顔をあげた。

丈右衛門は勇七の両肩をつかんだ。

「たいへんなことになっているんだ」

四

これでよい。

嘉三郎は路地にひっそりと立って思った。

三増屋の戸はあいたままだ。なかから明かりが漏れているが、その明かりもまるで勢いがない。今にも建物全体が闇のなかにどっぷりと沈んでゆくようにすら見える。泥船《どろぶね》も同然だ。ざまあみやがれ。

嘉三郎は毒づいた。

思い知ったか。

三増屋の騒動は、日が暮れてから一刻以上たった今でも静まらない。むしろ騒ぎは大きくなってきている。

いったい何人の死人が出たものかな。

嘉三郎は自然にゆるんでくる頬を抑えきれない。

これで、文之介や丈右衛門のうしろ盾になっている三増屋のあるじ藤蔵は、死罪だ。いくら文之介が現役の定町廻りで、丈右衛門が元腕利きの定町廻りだったといっても、助けることはできまい。

なにしろ、すでに市ノ瀬屋という前例があるからだ。

市ノ瀬屋のあるじ半左衛門を死罪にしておいて、藤蔵を助けるなんていう馬鹿なことがあり得るはずがない。

これで三増屋は卵のように叩き潰《つぶ》してやった。二度と立ち直れまい。

もしや、と嘉三郎は思った。文之介がここで味噌汁を飲んだのかもしれない。医者が呼ばれたのはそのためではないか。

このまま逝《い》ってしまえば、嘉三郎としては最高の結果だが、やつはこんなところでくたばるようなたまではない。

きっと生き残ろう。

丈右衛門が、三増屋から届けられたはずの味噌を口にしなかったらしいのは惜しい。やつは歳だ。見るからに頑健な体を誇ってはいるが、もはや文之介ほどの力強さはあるまい。

相変わらず悪運の強い男としかいいようがない。

だが、そのうちあの世に送ってやることができるだろう。

嘉三郎は掌中《しょうちゅう》にしたかのように、それを確信している。

もう一度、三増屋に眼差しを流してから、路地をあとにする。

しばらく歩いて、神田佐久間町《かんださくまちょう》二丁目にやってきた。

この町は帯のように東西に細長い町だ。北側には、伊勢《いせ》の津《つ》で三十二万石余を領する藤堂家《とうどうけ》の屋敷がある。

一軒の料亭に入る。東松《ひがしまつ》といって、なかなかの老舗ときいている。

ここを利用するのははじめてだ。

「いらっしゃいませ」

暖簾を払うと、広い入口になっていた。やや歳のいった女中が満面に笑みを浮かべて、すぐさま寄ってくる。

「吉加屋の者だが」

告げると、女中は大きくうなずいた。

「皆さま、おそろいでございます」

女中の案内で、庭に出る。五間ほど先にぼんやりとした明かりが見える。離れが建っているのだ。

「こちらでございます」

敷石を踏んで、嘉三郎は離れに近づいた。

「失礼いたします。お連れさま、いらっしゃいました」

襖があけられる。沓脱ぎで草履《ぞうり》を脱ぎ、嘉三郎はあがりこんだ。

八畳間に十名の男たちが座りこんでいた。すでに膳が並べられ、その上に酒や小鉢がのっている。

「待たせた」

嘉三郎は当然の顔で上座に座り、十名の男の顔を眺め渡した。それから、沓脱ぎのそばにいる女中に目を向けた。

「酒や料理をどんどん運んでくれ」

女中に心づけを渡すのを忘れない。

「承知いたしました」

うれしげな表情を隠すことなく、女中が去った。

「ご苦労だったな」

「いえ」

笑顔でいったのは、吉加屋の江戸店の支配役である功右衛門をつとめた男だ。本名は別にあるが、嘉三郎にはどうでもいいことだ。

懐から紙包みを取りだした嘉三郎は立ちあがり、男たちに手渡していった。

「ありがとうございます」

功右衛門の次に頭を下げたのは、番頭役の田埜吉だ。

紙包みには、少なくない額が入っている。役者崩れにとっては最高だろう。

「無駄づかいはしないほうがいいな」

「ええ、そうしますよ」

功右衛門が笑みを浮かべて答える。

「ところで、手前どもがつとめた吉加屋の芝居は、どういうことなのですか。三増屋にうらみでも」

この男たちにはなにも伝えていない。ただ金で雇っただけにすぎない。

嘉三郎はにやりと笑った。

「三増屋にうらみなどない。これは本当だ」

嘉三郎はいいきった。

「しかしあれがいいことでないのは、おまえらも察しがついているだろう。だから、それについては知らんほうがいいな。もっとも、明日になれば、いやでも知ることになるだろう」

耳に入らないほうがおかしい。どれだけの死人が出たのか、これから出るのかわからないが、三増屋のことは大騒ぎになるはずだからだ。

男たちは黙りこんだ。やらないほうがよかったのではないか、と顔に書いているような男もいる。

嘉三郎は男たちを見まわし、手をのばしてちろりをつかんだ。杯を満たし、一気に酒を飲んだ。

「その金で、江戸を離れて旅に出るのもいいかもしれんぞ」

嘉三郎は、烏賊《いか》をあぶったものを口に放りこんだ。

咀嚼《そしやく》し終わるや、席を立った。

「勘定はすませておく。遠慮なく飲み食いしてくれ」

勘定など払わずに立ち去ってもかまわなかったが、そんなことをする気はない。男たちはよくやってくれた。

どれだけ払っても、かまわないような気がしている。

男たちがどれだけ飲み食いしても大丈夫な額を帳場の奉公人に渡し、嘉三郎は東松の暖簾を外に払った。

「提灯はお持ちですか」

追いかけるように奉公人がきく。

「いや」

「でしたら、これを」

灯を入れた小田原提灯を手渡してきた。

「すまんな」

嘉三郎は歩きだした。夜気が冷たい。ずいぶんと秋が深まっている。

大気が冷えてゆくのを感ずるのは、子供の頃からどうしてかきらいではない。むしろ好きだ。

嘉三郎は、目についた一軒の煮売り酒屋に入った。

酒を頼む。東松で飲んだ酒とはくらべものにならないが、この手の酒も悪くない。胃の腑にしみこむ感じがするのだ。

うまいな。

心中で声をあげた。

だが、これは祝杯ではない。

安手の杯を見つめる。

本番はこれからだ。

五

文之介が横になっている。

ここは文之介の部屋だ。眠り慣れた布団がいいだろうと、丈右衛門は寿庵の許しをもらって、今朝、連れてきたのだ。

文之介はいまだに昏睡《こんすい》しており、目を覚ましそうな雰囲気は微塵もない。

このまま目をあけることなく逝ってしまうのではないか、という恐れを丈右衛門は抱いている。

そんな馬鹿なことがあるものか。

心で必死に打ち消すが、どうしても最悪のことを考えてしまう。

いや、文之介に限っては大丈夫だ。せがれは見た目以上に強い男だ。

だから、きっと目を覚まし、また人なつこい笑顔を見せてくれるはずだ。

文之介の笑顔を思い描いたら、丈右衛門は涙が出そうになった。

しかし今は泣いている場合ではない。

なにしろ、三増屋が売った味噌による死者は十名を数えたのだ。

その数を教えてくれたのは、丈右衛門が現役を退いた今も親しく酒を飲むこともある与力の桑木又兵衛だ。

その数をきいた瞬間、丈右衛門は愕然《がくぜん》とするしかなかった。

文之介のように床に臥《ふ》せった人に至っては、数え切れないとのことだ。おそらく五十人ではきかないのではないか。なかには医者の手当が及ばず、これから死に至る人も出てくるにちがいない。

いったいどうしてこんなことに。

丈右衛門は、なぜだという思いをどうしてもぬぐいきれない。市ノ瀬屋に続いて、どうして三増屋がこんなことになるのか。

一夜明けて、あれは夢ではなかったことがはっきりした。昨日、目にしたのはうつつのことなのだ。

どうしてだ。

丈右衛門は再び思った。

どうして藤蔵がそんなことを起こさなければならぬのか。

考えられない。あれだけ一所懸命、味噌や醬油の吟味をしてきた。市ノ瀬屋の一件を耳にしたときも、肝に銘じます、と強くいっていた。妙な味噌を売るわけがないのだ。

三増屋も毒を盛られたのではないか。

誰がなんの目的でこんなことをしたのか。

藤蔵や主立った奉公人は市ノ瀬屋と同様、町奉行所に連れていかれた。今、牢につながれている。

市ノ瀬屋の例がある以上、藤蔵は死罪をまぬがれまい。

藤蔵の家人は奉行所には引っ立てられなかった。これは、与力の桑木又兵衛の力が大きいのだろう。

ただし、店にはいられず、お春と弟の栄一郎はこの屋敷にいる。

今、二人は居間にいる。お知佳に、決して目を離さないように頼んである。

寿庵は文之介に処方をして帰った。毒消しの薬だという。

寿庵は、文之介は毒にやられたと確信している。

帰り際、丈右衛門にこういうふうに伝えている。

「丈右衛門さん、もしかすると失明するかもしれん」

その言葉をきいたときは、丈右衛門自身、目の前が真っ暗になったような気がしたものだ。

しかし、とすぐに思った。文之介は強い子だ。こんな毒などに負けるものか。

幼い頃、重い風邪を引いて寝こんだときのことを思いだす。

最初は寒気がする程度のものだったが、文之介の症状はだんだんと重いものになってゆき、ついには高熱を発し、うわごとをいうまでになった。

そういう状況が五日も続き、必死の看病を続けた丈右衛門も、その頃は存命だった妻もへとへとになった。

その当時、すでに知り合いだった寿庵が文之介の手当をしてくれたのだが、寿庵ほどの腕をもってしても、文之介の病状を回復させるのは無理だった。

一度は息をしなくなり、寿庵が臨終を告げようとしたとき、文之介は思いだしたように呼吸をした。

そういうことが何度か繰り返されたのち、本当に文之介が息絶えたことがあった。どんなに揺さぶっても、大きな声で呼びかけても呼吸は戻らなかった。

数瞬の静寂ののち、申しわけない、力が及ばなかったと寿庵が首を振った。

妻は号泣した。文之介の姉の実緒《みお》も、妻に合わせるように激しく泣いた。

丈右衛門は文之介を見つめ、呆然とした。

そのまま誰一人として身じろぎせず、四半刻ほど経過したとき、文之介がいきなり目をあけたのだ。

丈右衛門は、その瞬間を今でもありありと思いだすことができる。

文之介は、おなか減った、といったのだ。

そこからは大騒ぎだった。狂喜という言葉があるが、丈右衛門たち御牧家の者だけでなく、寿庵までもがうれし涙を流して喜んだのだ。

あのとき、文之介の息は確実にとまっていた。それは疑いようがない。

きっと文之介は本当に死んでしまったのだろうが、たぐいまれなる命の力で、この世に舞い戻ってきたのではないだろうか。

あれだけの力があれば、と丈右衛門は思った。今度も死ぬようなことはあるまい。

お知佳がやってきて、襖をあけた。

「あなたさま」

「実緒さんがお見えです」

お春たちの様子が気になるのか、お知佳はすぐに戻っていった。

代わって実緒が顔をだした。生まれたばかりの信一郎《しんいちろう》をおぶっている。

実緒は、南町奉行所の定町廻り同心である三好信吾《みよししんご》のもとに嫁いでいる。一緒になってすでに二年がすぎた。仲むつまじくやっているのは、顔色のよさからわかる。

だが、今は目の下にくまをつくり、やつれたように見える。

実緒は、疲れたように文之介の枕元《まくらもと》に正座した。

「父上、すみません。もう少しはやく来ようと思ったのですけど」

「いいんだ。謝ることなどない。嫁げば、女にはいろいろある」

「はい」

涙を一杯にためて、実緒が文之介を見つめる。

「容体はいかがです」

「見ての通りだ。寿庵先生によれば、命の心配はないようだ」

「そうですか。よかった」

実緒は大きく息をついた。

「ただし――」

丈右衛門はいうべきか迷った。

「ただし、なんですか」

ほかならぬ文之介の姉だ。ここは伝えておくべきだろう、と丈右衛門は判断した。

「えっ、失明ですか」

実緒はそれきり言葉を失った。

「もしかすると、ということだが、覚悟はしておかなければならぬだろうな」

実緒の目から涙がこぼれ落ちる。

「かわいそう、文之介」

手をのばし、額をなでた。

文之介は泣き虫だった。よく泣いて帰ってきたが、そういうとき慰めていたのが、実緒だった。

やられたらやり返せ、というのはたやすかったが、そういうことができないのも文之介という男が持つやさしさだろうと、丈右衛門はなにもいわなかった。

文之介は親の自分から見ても、やさしくて強い男に成長を遂げたと思う。

だからこそ、さらなる成長を目の当たりにしたかった。

文之介、と丈右衛門は心で語りかけた。

必ず目を覚ませ。

「私も一緒に行っていいですか」

弥生にいわれ、勇七はうなずいた。

「もちろんさ。旦那もきっと喜んでくれるよ」

二人は一緒に三月庵を出た。

今朝はかなり冷えこんだ。太陽は東の空にあるが、夏の頃の勢いなどどこにも感じられず、正直、寒い。

風はさほどないが、大気には体を縛りつけるような厳しさがあり、冬がもう間近に迫っていることを覚えさせる。

旦那は、と勇七は足を運びつつ思った。寒いのが苦手だからつらい思いをしてなきゃいいなあ。

しかし、丈右衛門が屋敷に連れて帰るという話は昨日きいた。ご隠居なら、旦那のことはよくわかっていらっしゃる。なにも心配はいらないだろう。

文之介は今頃、自分の布団で眠っているにちがいない。

顔を見たい。はやく見たい。そして一刻もはやく目を覚ましてほしい。

勇七は弥生を気づかいつつも、足を急がせた。昨日はほとんど眠れていない。勢いのない陽射《ひざ》しといっても、目にまぶしくてならない。

「勇七の兄ちゃん、お師匠さん」

途中、声をかけられた。

見ると、三月庵に通う子供だった。文之介が非番によく遊んでいる仙太たちだ。いつもの七人が顔をそろえている。

みんな、心配そうな表情をしている。

「旦那のこと、きいたんだね」

「うん」

七人とも目に涙をためている。今にも号泣しそうだ。

「ねえ、勇七の兄ちゃんとお師匠さん、文之介の兄ちゃんのお屋敷に行くんでしょ。一緒に行こうよ」

仙太たちも文之介のもとに行こうとしているのだ。

「うん、行こう」

勇七たちは一団となって、御牧屋敷に向かった。

「勇七の兄ちゃん、なにかきいてる」

歩きながら仙太に問われた。

「いや、あまり」

勇七は正直なところを答えた。

「でも旦那はきっと大丈夫さ。仙太ちゃん、信じよう」

「うん」

御牧屋敷に着く。勇七たちは文之介の部屋に通された。

文之介は掻巻《かいまき》を着て眠っていた。寒くないように、炭が赤々と燃えている火鉢《ひばち》が置かれている。

「文之介の兄ちゃん」

仙太たちが文之介の布団にすがりつくようにした。

「文之介の兄ちゃん、起きてよ」

「お願いだよ」

「笑ってみせてよ」

口々にいう。みんな、泣いている。涙をぼろぼろ流している。

本当は揺さぶりたいのだろうが、昏睡している文之介の体を考えて、我慢しているのがはっきりと伝わってきた。

それを見て、勇七はたまらなくなった。自然に涙があふれてきた。

弥生も勇七の横で、じっと文之介を見ている。はやく目を覚ましてほしいとその瞳は語っていた。

旦那、と勇七は心で語りかけた。こうしてみんなが祈ってるんだ、もしくたばったりしたら、俺は本当に怒るよ。あの世に行ってでも、旦那を連れ戻すから。

涙は、ぬぐってもぬぐってもあふれだしてくる。勇七は流れるままにした。

旦那、頼むよ。頼むから目を覚ましてくれよ。あの笑顔を見せてくれよ。

懇願したが、その思いは届かない。

「勇七」

しばらくしたとき、丈右衛門に呼ばれた。

「ちょっと来てくれ」

「はい」

勇七は隣の間に導かれた。

向かいに丈右衛門が腰をおろす。声を低めてきいてきた。

「勇七、こたびのこと、どういうふうに見ている」

いきなりいわれて、勇七は戸惑った。

だが丈右衛門が意味もなくこんなことをいうはずがない。この問いの意味を考えなければならない。

風が障子を何度か揺らしていったのち、勇七は思いついたことがあった。

「ご隠居は、旦那が毒を盛られたとお考えになっているんですか」

丈右衛門がかぶりを振った。さらに声を低くして続ける。

「いや、さすがにそこまでは考えておらぬ。もし三増屋の味噌に毒をしこんだ者がいるとしても、お春が文之介に味噌汁をつくるということまで考えてはいなかっただろう」

「味噌に毒ですか。となると、市ノ瀬屋さんと同じですね」

「そういうことだな」

「しかしどうして、今度は三増屋さんが狙われたんです」

丈右衛門が見つめてくる。秋空のように澄んだ瞳だが、どこか吸いこまれそうな深みも感じる。

「勇七、わからぬか」

「えっ」

勇七は再び考えこんだ。

「まさか」

「そのまさかだとわしは思う」

「嘉三郎ですかい」

丈右衛門が深くうなずく。

「やつしか考えられぬ」

「嘉三郎の仕業……」

丈右衛門が言葉を継ぐ。

「嘉三郎は、わしや文之介にうらみを抱いている。藤蔵を狙ったのは、前回、わしらを焼き殺そうとしたとき、千両もの金をぽんとだしたことを知ったからだろう」

「そのために、三増屋さんをこんな目に遭わせたというんですかい」

そうだ、と丈右衛門がいう。

「自分のせいで、親しい者が不幸に陥れられる。しかもなんの罪もない人が十人死んだ。そちらのほうがつらく、心が苦しいことをやつは知っているのさ」

丈右衛門はさらりといったが、心が怒りで煮えたぎっているのは、瞳にこれまで見たとのない炎のようなものが見えていることからわかる。

ただ、勇七には疑問がある。その思いを見て取ったか、丈右衛門が顎を引いてみせた。

「勇七、市ノ瀬屋のことを考えているのだな」

「はい、そうです。市ノ瀬屋さんの油に毒をしこんだのも、嘉三郎なんですかい」

「おそらくな」

丈右衛門がすぐにいい直した。

「いや、まちがいなくやつの仕業だ。だから、なんの罪もない人の犠牲は十八人ということになる。八つ裂きにしても飽きたらぬ男だ」

「でも、どうして市ノ瀬屋さんまで巻きこんだんです。市ノ瀬屋さんやころも屋さんは、ご隠居や旦那とはほとんど関係ありません」

言葉を紡いでいるうち、勇七には嘉三郎の狙いが見えてきた。

「ああ、そういうことか」

納得した。

「三増屋さんを死罪にするためですね」

「そういうことだ。やつは前例をつくったんだ。食い物で人死にが出れば、その店のあるじは死罪となるというな。そのためだけに市ノ瀬屋を罠《わな》にかけた」

「なんてやつだ……」

勇七は、そんな者がこの世にいることが信じられない。人ではあるまい。

「やつの狙いはそれだけではない」

勇七は丈右衛門の口元を見つめた。

「やつは、市ノ瀬屋のことにわしたちが思い至ることまで考えているにちがいない。今頃、どこかでほくそ笑んでいるだろうよ」

勇七は、丈右衛門の瞳のなかの炎が力強く立ちあがるのをはっきりと見た。

六

「わしと一緒に動かぬか」

丈右衛門は勇七を誘った。

「あっしとですか」

勇七が目をみはる。

「いやか」

「とんでもない。ご隠居、嘉三郎を捜しだすんですね」

「捜しだすのではないさ」

「ああ、すみません。とらえるんですね」

「そして獄門《ごくもん》にする」

知らず激しい口調になった。これほどまでに怒りに満ちた自分を見るのは勇七ははじめてらしく、息をのんだような顔つきをした。

丈右衛門自身、現役の頃は冷静であるとよく評されたものだが、実際の自分は怒りっぽいことを知っている。

怒りにまかせて探索してもいいことがないのがわかっているからこそ冷静になっていただけの話で、今回は藤蔵だけでなく、大事なせがれを傷つけられている。

もし嘉三郎を目の前にしたら、果たしてどんな自分になるのだろう。

少なくとも、やつを半殺しにするのではないだろうか。

それでも、と思う。殺さないだけましのような気がする。

今、丈右衛門のなかにあるのは復讐《ふくしゅう》の思いだ。心にあるのはそれしかない。

丈右衛門は、勇七が息をつめて見ているのに気づいた。

「出かけるか」

「は、はい」

勇七が我に返ったように首を縦に振る。

「お供します」

丈右衛門は笑いかけた。勇七の気持ちを和らげる意味もあるが、笑うことで心に余裕ができることも知っているのだ。

復讐の思いだけでは、嘉三郎をとらえることはできない。そんな甘い相手でないことはよくわかっている。

やはり冷静な気持ちこそが、嘉三郎の居場所に導いてくれるにちがいない。

「先に玄関で待っていてくれるか」

丈右衛門は勇七にいった。

「はい、承知しました」

勇七が、文之介の部屋にいる弥生のもとへ行った。丈右衛門は廊下を居間に向かいかけて、足をとめた。

「このままご隠居と一緒に働くから、仙太ちゃんたちと帰ってくれるかい」

勇七が弥生に頼んでいる。

弥生は勇七に熱い眼差しを当ててから、わかりました、といって子供たちを立ちあがらせようとした。

仙太たちは文之介のもとを立ち去りがたい様子で、もう少しいたいと口々にいった。

弥生が静かに首を振る。

「今、文之介さんは眠ることで毒と戦っているの。だから文之介さんの眠りを邪魔してはいけないの。そばにずっといたいのはわかるけれど、みんながいては、文之介さんが毒と戦いにくいのよ」

わかった、と仙太がまず立ちあがった。ほかの子供も続く。

「手習所に行きましょう」

弥生が丈右衛門に挨拶してから、子供たちを連れだした。子供たちは文之介に、また来るよ、よく眠っとくんだよ、でもはやく目を覚ましてね、などといって出ていった。

子供たちの健気さに、丈右衛門は胸がつまった。ここまで子供たちに文之介が愛されていることを知り、誇らしげな気持ちにもなった。

それゆえに、またもや嘉三郎に対する怒りが腹のうちで燃えたぎりはじめた。

丈右衛門は廊下を歩き、居間に入った。

お勢をおぶったお知佳がいて、隅にお春と栄一郎が体を縮めるように座っている。

「お春、栄一郎」

丈右衛門はそばに腰をおろした。

「いいか、文之介があぁなったのはお春の責任ではない。むろん、藤蔵のせいでもない」

丈右衛門は、嘉三郎という男がすべての筋を書いたのはまずまちがいないと告げた。

「お春も、この屋敷で一度、嘉三郎に会っているな。卑《いや》しい顔をしていただろう。あの男に藤蔵は、はめられた。だから、謝らねばならぬのはわしらのほうだ。お春たちがわしらと親しくしていたから、巻きこまれてしまった」

丈右衛門は頭を下げた。

「つまりはわしや文之介が嘉三郎を野放しにしていたせいだ。今度こそ必ず引っとらえ、獄門にする。わしは容赦せぬ」

栄一郎は愁眉《しゅうび》をひらいたように顔をあげたが、お春は丈右衛門の言葉がきこえなかったかのように、うつむいたままだ。

「お春」

丈右衛門は小さな肩に手を置いた。それでも、お春は顔をあげようとしない。

「気に病むなというほうが無理だろうが、わしにまかせておけ。必ず三増屋や藤蔵の汚名をそそぐゆえ」

丈右衛門はお知佳に目を転じた。

二人を頼む。

心で念じる。お知佳が静かにうなずきを返してきた。

「では、行ってまいる」

丈右衛門は夫婦の部屋にいったん行き、刀架《とうか》の前に立った。手をのばし、刀をつかむ。

久しぶりに感ずる重みだ。ずしりとくる。

どこか落ち着くものもある。

やはりわしは、と丈右衛門は思う。侍なのだな。

腰に差し、下げ緒を絡めて部屋を出た。勇七の待つ玄関に向かう。

八丁堀の組屋敷の軒先を避けるように、朝日が射しこんできた。

秋らしく大気は澄み、雲は南の低いほうにわだかまるようにあるだけで、空はどこまでも晴れ渡っている。

つややかすぎる陽射しだが、寝不足の目にはこたえるものがある。丈右衛門はまぶたを軽く押さえた。

「ご隠居」

勇七がうしろから呼びかけてきた。

「なんだ」

丈右衛門は振り返ることなくいった。

「まずはどちらに」

「桑木さまのもとだ」

「番所ですかい」

「意外か」

「いえ、そういうこともないいんですけど」

「桑木さまに会ってなにをするのか、勇七、知りたいのではないか」

「ええ、まあ」

「することは一つだ」

丈右衛門は嚙み締めるようにいった。

「桑木さまに頼みこむ」

数寄屋橋御門《すきやばしごもん》内にある南町奉行所に赴き、丈右衛門は勇七をあいだに立てて桑木又兵衛に面会を申しこんだ。

すぐに表門に戻ってきた勇七によると、又兵衛は、奉行所の母屋内の座敷の一つで待っているとのことだ。

「ありがとう。勇七、しばらくここで待っていてくれるか」

「はい、承知しました」

「こいつを頼む」

刀を勇七に預け、丈右衛門は母屋へと向かった。

座敷に入るまでもなく、又兵衛は廊下で待っていてくれた。

「よく来た」

明るい声でいったが、やはり心配そうな表情は隠せない。

「入ってくれ」

又兵衛が襖をあけ、丈右衛門を招く。

丈右衛門は遠慮なく敷居を越え、座敷に正座した。

「茶もなくてすまん」

「そんなものはいい」

又兵衛がじっと見る。

「寝ておらぬか」

丈右衛門は見返した。

「おぬしもだろう」

「まあな。ああ、文之介の見舞いに行かんですまぬ」

「いや、気にかけてもらえるだけで十分だ」

又兵衛が文之介の容体をきいてきた。丈右衛門は、娘の実緒にいったのと同じ言葉を告げた。

そうか、と又兵衛が安堵と憂色の入りまじった息をついた。

「命のほうは大丈夫か。しかし失明の恐れというのは……」

又兵衛がうつむく。

「大丈夫だ。もしそういうことになったとしても、せがれがへこたれることなど、まずあるまい」

又兵衛がかすかな笑みを見せる。

「あんたと同じ気質だからな」

「そうさ」

丈右衛門はいって、姿勢をあらためた。

「なんだ、急にかしこまって」

「頼みがある」

又兵衛が瞳を光らせる。

「三増屋のことか」

丈右衛門は自らの考えを述べた。

きき終えて、又兵衛が嘆息する。

「また嘉三郎の仕業だというのか」

「そうだ」

「もしあんたのいう通りなら、嘉三郎という男はなんとも執念深い野郎だな」

「目的を達するためなら、どんな手立ても厭《いと》わぬ男でもある」

丈右衛門は自らの瞳に再び炎が宿ったのを感じた。

又兵衛が背筋を引き気味にした。

「あんた、怖い顔、するなあ」

驚きに目をみはっている。

「四十年以上のつき合いだが、そんな怖い顔は久しぶりに見たような気がする」

又兵衛が顎をなでさする。

「最後に見たのはいつだったかな。——そうだ、謝礼をもらって引き取り手のない子を預かっては、次々に殺していた男をとらえたとき、そんな顔をしていたな」

「そうだったかな」

丈右衛門は軽く首をひねった。

「覚えがないな」

「嘘つけ。物覚えのいいあんたが忘れるはずがない」

「もう歳を取った。藤蔵のことだが」

丈右衛門は話題をもとに戻した。

「ああ、そうだった」

又兵衛がきく姿勢を取る。

「そういうわけだから、すぐに仕置《しおき》をするようなことはせんでほしい」

「それは首を刎《は》ねるな、ということか」

「そうだ」

丈右衛門は深くうなずいた。

「奉公人はさほどときを置くことなく戻されようが、市ノ瀬屋の例もあり、藤蔵は……」

「市ノ瀬屋のほうも、嘉三郎の仕業とにらんでいるということだったな」

丈右衛門にいわれて又兵衛が腕組みをする。

「市ノ瀬屋を死罪にしてしまったのには、わしも責任がある。もっと調べれば、死を防げたかもしれん」

「文之介や吾市がその調べに関わったな」

「そうだ。だが、二人に責任はない。すべてはわしにある」

「わかった。わしの命に替えても、藤蔵は守り抜こう」

又兵衛がいいきった。

又兵衛がこういうのなら、もう大丈夫だ。この男は腹が据《す》わっている。

腐った味噌を暴利を得ることを目的に売りつけたとして、世間ではすでに今度の一件は大騒ぎになっている。

十名もの人死にをだしたということで、きっと老中《ろうじゅう》の耳にも届いているだろう。

大騒ぎというのは、一転、公儀《こうぎ》の政《まつりごと》に対して矛先《ほこさき》が向くことがある。それを抑えるためにも、こたびの騒ぎのもとといっていい藤蔵の処刑を老中は急がせるかもしれない。

町奉行は老中に命じられたら、否やはなかろう。すぐさま藤蔵の仕置に移るはずだ。

「わかっているだろうが、御牧さんよ、わしが命を懸けて守り抜くといっても、ときはほとんどないぞ」

「うむ、一刻もはやく嘉三郎をとらえる」

又兵衛が厳しかった表情をややゆるめる。

「誰も探索を許した覚えなどないが、あんた、いざとなると、本当にいい顔になるなあ」

「そうかな」

丈右衛門は真摯《しんし》に又兵衛を見た。

「できるなら藤蔵に会わせてほしい。話をききたい」

残念そうに又兵衛がかぶりを振る。

「そいつは無理だ。わしだって会えておらぬのだ。今は、吟味方がかかりきりになっておる」

「そうか」

仕方あるまい、と丈右衛門はここはあきらめた。

「だが、近いうちに会えるように手配りしてくれぬか」

そのむずかしさは、丈右衛門自身、よくわかっている。

さすがに又兵衛が黙りこむ。

やがて顔をあげた。面には、決意がみなぎっている。

「よかろう。あんたはほかならぬせがれに非道をされている。すぐにというのは無理だが、きっと会えるようにしよう」

「かたじけない」

丈右衛門は頭が下がった。忙しいときにときを取ってくれた又兵衛に謝意を表し、立ちあがる。

又兵衛が廊下で見送った。

「御牧さんよ、頼りにしてるぜ。ほかの誰よりもな」

丈右衛門は胸を拳で叩く仕草をして、又兵衛にこたえた。

七

死にたい。

お春は心の底から思った。

だが、そんな真似はできない。

今、文之介は床に臥している。死ぬのは文之介を見捨てるも同然だ。

お春はお知佳を見た。お勢を背中からおろし、あやしている。

「かわいいですね」

声をかけると、お知佳の顔が輝いた。

ああ、心配をかけているのだなあ、とお春はすまなく思った。

「あの……」

「なんですか」

お知佳が笑みを浮かべてきく。つくり笑いではない。自然な笑顔だ。ほっとするものがある。

この笑顔に、とお春は思った。おじさまは惹《ひ》かれたのではないだろうか。

もちろん、それだけではないだろう。お知佳は紛《まぎ》れもなく心やさしい女性だ。

おじさまは、一緒にいると、これ以上ない安堵の気持ちに包みこまれるのではないだろうか。

そういう男の人を安心させる人というのはとてもうらやましい。

自分には、できることではないような気がする。

お知佳が自分の言葉を待っているのに、お春は気づいた。

「すみません」

「なんですか。おなかが空いたのですか」

「いえ、そうじゃありません」

お春は一度弟を見てから、あらためてお知佳に目を当てた。

きれいな人だなあ。まぶしいくらいだ。

「文之介さんの容体はいかがですか」

お知佳が顎を引いてみせる。

「まだ眠り続けていますけど、今は実緒さんが見てくれています」

「実緒姉さんが……」

幼い頃から姉として慕ってきた。しかし申しわけないことをしてしまった。

「お春さん、文之介さんを見舞ってあげたらどうですか。こんなに近くにいるのに見舞うというのもおかしないい方ですけど、文之介さんも会いたがっていると思いますよ」

「でも……」

お知佳が声を励ます。

「文之介さんにとってお春さんは無二の人です。お顔を見せてあげれば、きっと元気になります」

それでもお春は踏ん切りがつかない。文之介を床に臥せさせたのは自分なのだ。合わせる顔がない。

「お春さん、文之介さんはお春さんのことを責めるような気持ちは持っていません。それは断言できます。もしお春さんが文之介さんがそういう男だと思っているのなら、文之介さんを侮辱することになりますよ」

その通りだ、とお春は思った。文之介は根に持つような男ではない。目覚めたら、むしろ自分を気づかってくれるような男だ。

お知佳がにっこりと笑う。

「わかってくれたようね」

お勢をおぶい、立ちあがる。お春に手を差しのべてきた。

お春はためらうことなくその手を握った。

「栄一郎さんもいらして」

お知佳が弟も誘う。はい、と栄一郎は腰をあげた。

廊下を進む。文之介の部屋が近づいてきた。

「実緒さん」

襖に向かってお知佳が声をかける。

「入りますよ」

どうぞ、と実緒の声が返ってきた。

襖があき、部屋の真んなかで眠っている文之介の姿が見えた。

胸が痛む。

お知佳にうながされて、お春は部屋に入った。文之介のにおいがする。どこかなつかしい。寿庵がつくっていった薬湯の香りもする。

この香りは、自分のせいで文之介が倒れたことをお春に強く教えた。丈右衛門は嘉三郎が味噌に毒をしこんだのだろうといったが、味噌を売る店が毒入りの味噌を扱ったそのことだけでも罪は小さくない。

この屋敷の誰もが話すことはないが、三増屋の味噌で十人の命が奪われたことを、お春は知っている。

いくら声をひそめていても、きこえてしまうものなのだ。

命を絶ってお詫《わ》びをしなければ、と思う。だが、それはまだできない。

自分には、やらなければならないことができた。

お春は文之介の足許《あしもと》に正座した。文之介はぐっすり眠っているように見える。

少なくとも、毒に苦しんでいるようには見えない。

実緒がじっと見ているのに気づいた。やさしい眼差しだ。責める気持ちなど微塵もない。お春を慈《いつく》しもうとする思いに満ちている。

「お春ちゃん」

静かに呼んだ。

「お春さん」

「ごめんなさいね」

いきなり謝られて、お春は戸惑った。横で栄一郎も同じ顔だ。

「文之介や父上へのうらみが、あなたたちに向かったそうね。ごめんなさいね」

実緒は下を向き、泣いている。そばに寝かされている信一郎が、母親の気持ちを察したのか、むずかりそうだ。

お春は膝ですり寄り、実緒の肩を抱いた。乳のにおいがする。

「そんな、私が悪いのに」

「そんなことはないの」

実緒がやわらかく抱き返す。

「誰が悪いということはないの。悪いとしたら、嘉三郎という男よ」

お春は、その言葉を黙ってきいた。

「ごめんよ」

玄関のほうから声がした。

「寿庵先生ですね」

お知佳が立ちあがり、部屋を出てゆく。

すぐに寿庵をともなって戻ってきた。

「失礼するよ」

若い助手を連れて、寿庵が部屋に足を踏み入れる。お春と栄一郎に目を当て、軽くうなずいてみせた。

「どれ、診せてもらうよ」

文之介の枕元に座り、脈を取りはじめた。

「うん、安定しておるな」

この言葉に、お春は安堵した。実緒もお知佳も同様だ。

「本当にもう命は大丈夫だな」

「そうですか」

実緒が肩から力を抜く。

「目はいかがです」

お春は我慢できず、たずねた。

知っているのかという顔で、寿庵が見る。実緒とお知佳も目を大きく見ひらいている。

「文之介さんに失明の恐れがあるのは、知っています」

お春は三人に告げた。

「そうか。こういうことは隠そうとしても、無理なことが多いな。どうしても耳に入ってしまう」

寿庵がいい、先を続ける。

「わしが来たのはそのためだ。いい薬が手に入ったゆえな」

「本当ですか」

これはお知佳だ。

「効いてくれるといいが、こればかりはなんともいえん。人によって薬の効き目というのは、まちまちだから」

だが、寿庵の表情は自信にあふれているように見える。

寿庵が助手に支度をさせ、この場で薬を小さな薬缶《やかん》で煮はじめた。

甘いような苦いようなにおいが部屋に広がってゆく。

十分に煮だすと薬缶を傾け、寿庵は小鉢のような皿に注いだ。赤茶色の液が皿を満たしてゆく。

液が冷めるのを待って助手に文之介の体を起こさせ、寿庵は手をのばした。文之介の顔を皿に近づけ、ていねいに両目を洗ってゆく。

まるで、高価な焼物をやわらかな布でふいているようにすら見える。

文之介は眠ったままで、赤子のように首を頼りなく揺らせている。

何度か目洗いを繰り返したのち、寿庵は文之介を布団に寝かせた。

じっと見守っていた三人の女に、順繰りに眼差しを投げてゆく。

「しかしこれだけの美形がそろっていると、なんとも圧倒されるのう」

すぐさま表情を引き締めた。

「この薬を置いてゆくゆえ、日に三度、こうして目を洗ってやってくれ」

承知いたしました、とお知佳が代表するように答えた。

「では、これでな」

寿庵は助手とともに帰っていった。

文之介の命の危険がなくなったことに、寿庵は太鼓判を押してくれた。

よかった。

お春は心が和んだ。

目のほうも、きっと大丈夫だろう。大丈夫に決まっている。

お春は少しだけ、重荷が取り払われたような気分になった。

第三章　捨て子実の子

一

丈右衛門が心から怒りを覚えているらしいのはわかっているが、勇七自身、嘉三郎に対する憎しみの気持ちは決して劣っていないのではないかと思っている。やつのために、なんの罪もない十八人もの人が犠牲になったのだ。どうしてそんなことができるのか。

もはや嘉三郎は人ではあるまい。人なら、こんな真似は決してできない。

「ご隠居、どちらに行かれるんですか」

勇七は、前をきびきびと歩く丈右衛門にたずねた。

丈右衛門が振り向くことなくいう。

「吉加屋という店だ」

「三増屋さんに、味噌を入れた店ですね」

これは、お春から丈右衛門がききだしたことだ。

「そうだ。だが行っても無駄だろうという気がしている」

「もう店には誰もいないってことですかい。嘉三郎に頼まれて味噌を入れたのなら、奉公人はきっとなにか知っているはずなんですがね」

丈右衛門が首を振る。

「勇七、誰もいないのは確かだろう。わしがいっているのは、もはや店自体がないのではないかということだ」

「建物がないってことですか」

「建物自体はきっと借り物だろうから、あるはずだ」

「では、その建物はすでにもぬけの殻っていうことですかい」

「そういうことだ。勇七、吉加屋の吉加という字を考えてみろ。なにか見えてこないか」

いわれて勇七は字を思い浮かべた。

「あっ。吉加というのは嘉三郎の嘉から取ったんですね」

「そういうことだ。やつは藤蔵たちを罠にかけるために、ありもしない店をつくりあげたんだ」

「くそっ、ふざけやがって」

勇七は吐き捨てるようにいった。

丈右衛門が振り返る。

「勇七、肩から力を抜け」

「えっ、入ってますか」

「ああ、顔にも態度にも出ているぞ。声にもだ」

丈右衛門は勇七を見つめたままだが、背中に目がついているかのように、道に突き出た柱や行きかう人を悠々とよけてゆく。

そのあたりは文之介とはまったくちがう。

「気持ちはよくわかるが、ちと力みすぎだ。力を入れても、いいことはほとんどない」

「そうですよね」

勇七は肩をほぐす動きをした。本当に凝ったようにかたくなっている。

「おかげさまで、だいぶ楽になりました」

「それでいい」

再び丈右衛門が前を見て歩きだす。

着いたのは、明石町だ。目の前には海が広がっているが、少し風が強いこともあり、海は白く波立っている。行きかう船はなく、ほとんどは帆をおろしている。

「ここだな」

一軒の建物の前で足をとめた丈右衛門がいった。

勇七は見あげたが、建物には看板も扁額《へんがく》もない。すべての戸は閉まっているが、明らかに空き家だ。

「やはり逃げちまってるんですねえ」

勇七は残念だった。

しばらく建物を見つめていた丈右衛門が、不意にきびすを返した。

「ご隠居、どちらに行かれるんですかい」

勇七はあわててあとについた。

「町役人のところですかい」

丈右衛門が振り向く。

「そうだ。勇七、さすがだな」

明石町の自身番に入り、つめている町役人に話をきいた。

吉加屋の建物の大家はすぐに知れ、勇七は丈右衛門に連れられるようにして歩いた。

大家は明石町のある鉄砲洲《てっぽうず》に長屋など、いくつかの家作《かさく》を持っているようだ。

丈右衛門が吉加屋にどういう経緯で店を貸したかをたずねると、口入屋《くちいれや》の周旋《しゅうせん》であるのがわかった。

もともと一月だけ借りるという約束だったらしく、家賃は前払いで全額が支払われたとのことだ。

口入屋に向かう。明石町の北に位置する南飯田町《みなみいいだちよう》に店はあった。

「ここですね」

路上に中嶋屋《なかじまや》と出ている。

丈右衛門が暖簾を払う。あるじを呼びだし、さっそく話をきいた。

店を借りに来たのは、三十前後の男で、海太郎《うみたろう》と名乗ったという。

「この男か」

丈右衛門は懐から嘉三郎の人相書を取りだした。

あるじがしげしげと見る。

「はい、さようで」

「建物を貸すにあたり、身元をきいたか」

「いえ、あまり。もともと一月でいいとのことでしたので……」

丈右衛門があるじを見据える。

「だいぶ金を積まれたのか」

「いえ、だいぶということはございませんけれど」

嘉三郎という男がなにをしでかしたか、勇七はこのあるじにきかせたい気持ちになったが、丈右衛門がそのことについて触れないので、じっと我慢した。

「建物を借りる際、この男はなにかいっていたか」

人相書を掲げて、丈右衛門がきく。

「味噌屋をひらくとだけいっていました」

「一月で店を閉めるということに関し、不審を覚えなかったか」

「いえ、なんでも余った味噌を売り尽くすためだけの店ということでしたので……」

これ以上あるじを問いただしたところで、なにも得られることはないと丈右衛門は判断したようだ。

「勇七、行こう」

あるじにときを取らせた詫びを口にして、丈右衛門が道に出る。

ためらいなく歩きはじめる。方向は北だ。

どこに行くんだろう。

勇七はしばらく考えたが、思いつくことはなかった。

「ご隠居、どちらに行かれるんですか」

「勇七、だいぶ考えたようだな」

「ああ、お見通しですかい」

「見通したわけではない。勇七、おまえ、うんうんうなっていたぞ」

「えっ、そうですかい」

気づかなかった。

丈右衛門が振り向き、笑いかける。

「嘘だよ」

「えっ、そうなんですか」

「勇七、力は抜けたか」

「えっ、あっしはまだ力んでいますか」

「力んでいるな。口入屋のあるじをにらみつけていたではないか」

「いや、あれはあまりにあのあるじがいい加減に思えたものですから」

「人なんてそんなものだ。あまり期待をかけぬほうがいい結果につながるぞ」

「そういうものですかね」

勇七は小さな声でいった。

「勇七、不満そうだな」

「そんなことはありません」

勇七はあわてていった。

「無理せんでいい。この商売を続けていれば、いずれわかることだ」

丈右衛門がやってきたのは日本橋《にほんばし》だった。紀伊国橋《きのくにばし》の袂《たもと》の三十間堀町《さんじつけんぼりちょう》二丁目だ。

一瞬、店の名を確かめるようにした丈右衛門が足を踏み入れたのは、薬種問屋である。建物の中央に掲げられた扁額には、大島屋《おおしまや》と記されている。

丈右衛門がなにを調べに来たのか、それで勇七は解した。

丈右衛門は暗い土間で、手代らしい男と話している。奥に去った手代が再び姿を見せるまで、さほどのときはかからなかった。

丈右衛門は奥に導かれ、勇七もついていった。

腰を落ち着けたのは、客間らしい座敷だ。いいにおいのする清潔な畳が敷かれ、店の内証の裕福ぶりが察せられた。

「お待たせいたしました」

襖があき、姿を見せたのは白髪《しらが》頭の男だ。やや腰が曲がり、歯がないのか、言葉がき取りにくい。

「御牧さま、お久しゅうございます」

「まったくだな。省兵衛《しょうべえ》も息災そうでなによりだ。相変わらず商売繁盛のようだな」

「商売のほうはそこそこでございますが、手前などは、もうそこいら中ががたでございますよ。歯がなくなると、人というのはめっきり駄目ですなあ。老いを感じてなりませんですよ」

丈右衛門が笑う。

「しかし省兵衛、おぬし、若いぞ」

「とんでもない、そのようなことはございませんよ。お世辞など御牧さまらしくもない」

「世辞などではないさ」

丈右衛門が勇七を指し示す。

「この男は番所で中間をつとめている勇七というんだが、おぬしの歳を当てさせようか。

——勇七、省兵衛はいくつに見える」

勇七はまじまじと大島屋のあるじと思える男を見つめた。

「六十くらいだと思います」

若くいったつもりはない。勇七としては、見た感じをそのまま口にした。

「ほら見ろ」

「こちらのお若い方は、気をおつかいになったのでございますよ」

「とんでもない」

勇七は顔の前で手を振った。

「勇七もわしと同じで、世辞はいえんのだ。勇七、この男はもう八十だよ」

「ええっ」

勇七はのけぞりそうになった。

「化け物だよな」

「御牧さま、化け物などとおっしゃらないでください」

「すまんな」

「しかし歳を取らないといえば、御牧さまもでございますね」

「そんなことはない」

丈右衛門が表情を引き締める。

「本題に入らせてもらう。あまりときがないのでな」

「三増屋さんのことでございますか」

「耳に入っていたか。そうだ。多分、いやまちがいなく毒がつかわれた。それでどんな毒がつかわれたか知りたくて足を運ばせてもらった」

おそらく味もなければにおいもない。味噌やごま油に入っても、練達《れんたつ》の者の鼻や舌もごまかすことができる。

「ふむ」

省兵衛がうなる。

「ときがあまりないとおっしゃいましたが、御牧さま、手前は少しときをいただきとう存じます」

「すまぬ。忙しいところ、手間をかけるが、なにとぞよろしく頼む」

「承知いたしました。大急ぎで調べます。わかりましたら、お屋敷に使いを走らせればよろしゅうございますか」

「ありがとう。それで頼みたい」

勇七は丈右衛門のあとについて外に出た。

「勇七、ちょっと一休みするか」

「ご隠居、ここから八丁堀はすぐですね」

「文之介が気になるか」

「ええ」

「そうだな。寿庵さんも来てくれたはずだ、文之介の容体ははっきりしただろう」

二人は御牧屋敷に向かった。

丈右衛門のいった通り、寿庵は来てくれていた。目薬を置いていったそうだ。

「そうですか、もう本当に命は大丈夫とおっしゃってくださったんですか」

お知佳からきかされた勇七は、安堵のあまり、腰が抜けそうになった。

「あとは目か」

丈右衛門がつぶやく。

「寿庵さんの薬が効くのを待ち望むしかあるまい」

そこに客があった。

「あなたさまに用事があるそうです」

玄関に出ていったお知佳が戻ってきて告げた。

「わしにだと。誰だ」

「萩造《はぎぞう》さんと名乗られました」

なつかしい名をきくものだ、と丈右衛門は廊下を急いだ。

「久しいな」

玄関に立っている年寄りに声をかける。

「まったくで。御牧の旦那もお元気そうですね」

「萩造もな」

「いえ、あっしはもう駄目ですよ。そこいら中、がたがたですから」

大島屋の省兵衛と同じようなことをいう。

「あがるか」

「いえ、けっこうです。濡縁《ぬれえん》にでも腰かけられればありがたいですね」

丈右衛門は庭のほうに萩造を導き入れた。

「かけてくれ」

「ありがとうございます」

萩造がちょこんと腰をおろす。体は小さいが、鼻が高く、目が鋭い。口も大きく、顎がっしりとしている。

萩造は今も現役の岡っ引だ。本所のほうを縄張にしている。

山犬の異名を取っている。一度、喉笛《のどぶえ》に食らいつくと、二度と離れないところから、そういう名がついている。

「三増屋さんのことは、ききましたよ」

萩造がいきなり切りだした。

そうか、と丈右衛門は相づちを打った。

「あっしが本所界隈を縄張にしていること、御牧の旦那はご存じでしょう」

「むろん」

「ころも屋の一件はもうお耳に入っていますね」

「ああ」

「あっしはあそこの天ぷらが大好きなんですよ。まさに名店と呼ぶにふさわしい。それがあんなことになっちまって……」

悔しげに首を振る。

「あっしはあの天ぷらをもう一度食べたいんですよ。それで、例のごま油の一件を調べているんです」

「ほう」

「そしたら、今度は三増屋さんですよ。同じ老舗同士で同じような事件があった。岡っ引としては、こいつは調べにゃいられませんよ」

萩造が瞳を光らせる。

「しかも、御牧の旦那のご子息の文之介さままで三増屋の味噌を食して倒れられたときいたものですから、御牧の旦那に話をきけたらいいな、とまかり越した次第で」

そういうことか、と丈右衛門は思った。

「三増屋の味噌と市ノ瀬屋の油に、同じ毒が入れられたのはまちがいない」

「やはり毒ですかい」

萩造が、底光りする目で丈右衛門を見つめる。

「御牧の旦那の口調からして、下手人の目星はついているような気がしますが」

「鋭いな」

丈右衛門は教えた。

「ほう、嘉三郎という男ですかい」

「知っているか」

「いえ。でも、捕物があって、取り逃がしたらしいのは知ってますよ。あっしはその捕物には加わっていなかったんですけど。お恥ずかしいことに、風邪を引いてましたんで」

「そうだったのか。そう、その嘉三郎だ」

丈右衛門は顎を一つなでた。

「どうだ、萩造。ここは一つ、お互い力を合わせてみぬか」

萩造が大きくうなずき、意外に人のよさげな笑みを見せた。

「あっしのほうから頼みたいことですよ。名を馳《は》せた御牧の旦那と力を合わせられるのなら、すぐに解決です」

萩造の鼻息は荒い。

そんなにたやすい相手ではないことを、丈右衛門はしっかりと伝えた。

二

睡眠をたっぷりとった。

目が覚めたとき、勇七は疲れが取れているのを実感した。

昨日、文之介の命の心配がなくなったということを、きかされたのが一番大きいのだろう。

よかった。本当によかった。

文之介のことを考えると、涙が出そうになる。

子供の頃からずっと一緒だった。これからもずっとそうであることを疑いもしなかった分、勇七が受けた衝撃は強かった。

町方《まちかた》という役目柄、若くして命を落とす者は少なくない。

文之介のようないかにも長生きしそうな男でも、下手をすればあっけなく寿命を縮められかねないのが、町方役人なのだ。

文之介にしたがっている自分だって、むろん、例外ではない。

実際、この前、文之介や丈右衛門を救うために猛火に包まれた家に飛びこみ、あやうく焼け死にそうになった。

あれだって、町奉行所に奉公していなければ、あり得ないことだろう。

気をつけなくてはな。なにしろ俺はもう一人ではないのだから。

横を見た。

布団は空だ。少しだけ寝乱れているのが、昨夜のことを思い起こさせる。

勇七は目を閉じた。昨晩の弥生はことのほか美しかった。

昏睡している文之介に悪いという気持ちがないわけではなかったが、やはり新妻の魅力にはあらがえない。

台所のほうから、まな板を叩く小気味《こきみ》いい音がきこえる。

この音をきくと、ああ、本当に一緒になったんだなあ、と強く思う。吸い物のだしらしいにおいも漂ってくる。

いいにおいだなあ。これが好きな女性と一緒に暮らすということなのか。

勇七は以前、お克という女性が好きだったが、今はもう思いだすことはない。弥生がすべてだ。

もし弥生がいなかったら、俺はこの世からおさらばしていたのではないか。

文之介や丈右衛門、仙太たちを助けるために燃え盛る家に飛びこんでやけどを負ったときだ。

あのあとの弥生の身を砕《くだ》くような世話がなかったら、今の俺はない。

廊下を渡る足音がきこえてきた。障子に、やわらかな影が映る。

「勇七さん、起きていますか」

「ああ、起きた」

勇七は布団を抜けだし、掻巻を脱ぎ捨てた。

静かに障子があく。冷たい大気が流れこんでくる。

「あっ」

下帯姿の勇七を見て、弥生が声をあげる。

「なんだい、この格好を見るのは、まだ恥ずかしいのかい」

「ええ。だって……」

弥生がうつむく。

「だって、なんだい」

「なんでもありません。勇七さん、朝餉の支度ができましたから、はやくいらしてください」

「着替えたら、すぐに行くよ」

やさしくいって、勇七は出仕《しゅっし》の格好になった。身が引き締まる感じだ。気合も入っている。

なんとしても、嘉三郎をとらえる。その思いで心の壺《つぼ》は一杯だ。ほかのものが入りこむ余地はない。

勇七は障子をあけた。

手ぬぐいを肩にかけ、沓脱ぎの草履を履いて井戸に向かう。顔を洗った。

いい気持ちだ。空は薄い雲に覆われているが、すぐに晴れてきそうな明るさが感じられる。今日もきっと、いい天気になるにちがいない。

勇七は沓脱ぎから廊下にあがり、台所横の部屋に来た。板敷きの間だが、ここが食事をとる部屋になっている。

この家で一人、暮らしているときから、弥生は食事部屋としていたそうだ。

膳の上に用意されているのは、鰯《いわし》の塩焼きに梅干し、たくあん、豆腐の味噌汁という献立だ。

勇七は腰をおろした。弥生が茶碗に炊き立てのご飯を盛る。

「はい、どうぞ」

「ありがとう」

「召しあがって」

「いただきます」

勇七は箸を取り、食べはじめた。

「うまい」

顔をほころばせていうと、弥生が花の咲いたような笑みを見せる。

「本当に」

「本当さ。本当にうまいよ」

これは一緒になってわかったのだが、弥生は意外なほど包丁が達者だ。拾いものというい方は弥生に対して失礼だが、勇七はそれに近い思いを抱いている。

とにかく、包丁の上手というのは、ありがたい。

腹が満ちて、勇七は元気が出た。文之介のことが気にかかっていることに変わりはないが、気力の充実というのは仕事をする上でとても大きい。

きっと嘉三郎をとらえる手がかりをつかめる。

そんな気がしてきた。

勇七は弥生の見送りを受けて、出かけようとした。

「弥生ちゃん」

振り向いて呼んだ。女房にしたのに、いまだにこういう呼び方でいいのかと思うが、今のところほかに呼びようがない。

呼び捨てにされるのを弥生は望んでいるようだが、勇七には照れがある。

「くれぐれも身辺には気をつけてくれ。嘉三郎は人じゃない。今回の一件を見てもわかるように、なんだって狙ってくるから」

「わかりました。気をつけます」

「じゃあ、行ってくるよ」

弥生に対する想いは、日を増すごとにふくらんでゆく。ずっと一緒にいたいが、その思いを振り払って勇七は外に出た。

半町も行かないとき、六、七人の子供たちが道を小走りにやってきた。

「勇七の兄ちゃん」

呼びかけてきたのは仙太だ。うしろに進吉や保太郎など、いつもの顔がそろっている。

「おはよう」

勇七は声をかけた。

「しかしはやいな、みんな」

手習がはじまるまで、まだ半刻以上ある。

「うん、はやいよ」

次郎造が答える。

「どうしてはやいんだい。手習でわからないことを、お師匠さんにきくのかい」

「ううん」

仙太が首を振る。

「手伝いたいんだよ」

「手伝いたいってなにを」

きき返しつつ、勇七は覚った。

「まさか探索を、っていうんじゃないだろうな」

「そのまさかだよ」

仙太がなんでもないことのような口調でいう。

「冗談じゃない」

勇七は怖い顔をつくった。

「それは無理だ」

「おいらたち、みんな、文之介の兄ちゃんの仇《かたき》を討ちたいんだよ」

仙太がいい募る。

「文之介の兄ちゃんがあんなふうになっちまったのって、嘉三郎のせいでしょ」

わかっているのか。

勇七は、仙太の頭のめぐりのよさに感嘆した。

もっとも、仙太自身、文之介に対するうらみから嘉三郎にかどわかされたことがあり、隠れ家でじかに話もしている。

あの男の凶悪さ、狡猾《こうかつ》さを熟知しているのは確かで、今回の一件も文之介への意趣返《いしゅがえ》しと見るのも不思議はない。

そこまでわかっているのなら、ここで下手に隠し立てはしないほうがいい。

そう勇七は判断した。それに、秘密にすれば、仙太たちが勝手に動きまわってしまうかもしれない。

それはなんとしても避けなければならない。

「仙太ちゃんのいう通りだ」

勇七は肯定した。

「今回の一件に、嘉三郎が絡んでいるのはまちがいない」

「やっぱり」

「だからといって、仙太ちゃんたちがしゃしゃり出てくるのは過《あやま》ちだ」

「そんな、しゃしゃり出てくるだなんて、邪魔みたいじゃないか」

「邪魔だよ」

勇七ははっきりといった。

「残念ながら、仙太ちゃんたちでは役に立てない。いや、足手まといだ」

「ひどいよ、勇七の兄ちゃん」

「ひどくはない」

勇七は仙太たちをにらみつけた。七人がいっせいに目をみはり、気の弱い犬のように及び腰になった。

「いいかい、みんな」

勇七は一転、瞳の光をやわらげた。

「俺は探索をもっぱらにする者だ。今回、一緒に動くことになった御牧のご隠居も、もともと名同心と呼ばれたお方だ。そういう者が動いているのに、仙太ちゃんたち素人が探索を手伝おうなどというのは、思いあがりにすぎない。しかも、俺たちを信用、信頼していないということにほかならない」

「そんな、信用していないなんてことはないよ」

仙太がいい張る。

「それならば、探索を手伝うなんて、二度といわないでほしいな。俺たちにまかせてほしいんだ」

勇七は、七人の顔を順繰りに見渡した。

「もし仙太ちゃんたちに探索の手伝いをさせたなんてことを文之介の旦那が知ったら、俺はきつく叱《しか》られちまうだろうな。どうして仙太たちにそんな危ない真似をさせたんだって」

勇七は少し間を置いた。

「嘉三郎というのは容易ならない相手だ。とっても危険なんだよ。だから、みんな、手伝うなんていわないでくれ」

勇七を見つめたまま、仙太たちはしばらく黙っていた。

「わかったよ、勇七の兄ちゃん」

仙太がぽつりといった。

「もう二度といわないよ」

「わかってくれたんだね。ありがとう」

勇七はうれしくなって、仙太たち全員の頭をなでた。子供たちはおとなしくなでられている。

「みんなの気持ちは十分に伝わった。必ず嘉三郎をつかまえるから、吉報を待っていてくれ」

三

嘉三郎の居場所を突きとめるのには、どうすればいいのか。

昨日一晩、丈右衛門はずっと考え続けた。

文之介は、嘉三郎が捨蔵を殺したことを気にして捨蔵のことをあらためて調べはじめていた、と勇七がいっていた。

いい筋だな。

丈右衛門も、どうして嘉三郎が捨蔵を口封じ同然に殺したのかが気にかかっている。

もし捨蔵が先にとらえられた場合、自分のことをすべて町奉行所の者に知られかねない恐れから殺したと考えたが、それではあまりにわけとして薄いのではないか。

文之介が考えたように、嘉三郎には捨蔵を殺すなんらかのわけがあったのではないか。

そのことを突きとめることが、即座に嘉三郎に近づくことになるのかはわからないが、探索というのはどのみちそういうものだ。

必死に調べあげたことがまったく役に立たなかったり、偶然から知り得たような、さしたる手がかりとはとても思えないことが、解決への道を一気に示してくれたりする。

捨蔵のことを調べること自体は無駄になるかもしれないが、丈右衛門がむしろ期待しているのは、その道程で得られるなにかがあるのではないか、ということだ。捨蔵を殺した理由を知ることが、仮に嘉三郎をとらえる手がかりとならなくても、それはそれでかまわない。

とにかく、もう一度、捨蔵のことを調べ直してみよう。

「おいしいですか」

お知佳の声が唐突にきこえ、丈右衛門は我に返った。

「ああ、むろんだ」

丈右衛門は朝餉の最中だ。お知佳の心尽くしが膳にのっている。

お知佳がくすくす笑っている。まるで娘のような笑いだ。

丈右衛門の妻となったので、眉《まゆ》は落としているから娘というのは当たらないが、お知佳の持つ若々しさというものは薄れない。

「なにがおかしい」

丈右衛門はやんわりときいた。

「なにやら独り言をおっしゃっているから」

「ぶつぶついっていたのか」

「はい」

丈右衛門は笑った。

「老いると独り言が多くなるのは確かだろうが、わしはまだ頭が鈍くなるほどの歳ではない。安心してくれ」

お知佳が深くうなずく。

「もともと心配など、しておりません」

丈右衛門の顔をのぞきこむようにする。

「でも、いつまでも空の茶碗を箸でつついているのを目の当たりにすると、さすがに心配になります」

「やっ」

丈右衛門は驚いた。お知佳のいう通りで、茶碗はいつしか空になっていた。

それを箸でつつきまわしていたのだ。いくら考えにふけっていたといっても、これはひどすぎるような気がする。

「まいったな」

「おかわりなさいますか」

「うん、頼む」

丈右衛門は茶碗を手渡した。

すぐに山盛りの茶碗が戻される。丈右衛門はあっさりと平らげた。

「お若いですね。まるで二十歳《はたち》前の若者みたいです」

「そうかな」

丈右衛門は首をひねった。

「もともと食はいいんだ。常に町をめぐっていたから、食べなければやっていられなかった」

「そうなんでしょうね」

丈右衛門はお知佳を見つめた。

「なんだ、その顔は」

「私の顔になにかついていますか」

「笑っているではないか」

「うれしそうにされているなあ、とそれが私はうれしいんです」

「わしがうれしそうにだと」

「ええ、とても」

実際、気力がみなぎっている。いまだに昏睡している文之介の分まで働こうと思っている。

丈右衛門は食べ終え、箸を置いた。茶を喫する。

「お春と栄一郎はどうしている」

「二人とも朝餉は終えて、今は文之介さんの部屋にいます」

「二人ともよく食べたか」

「お春さんはそんなに。でもこの屋敷に見えたときにくらべたら、かなり食べられるようになりました」

「そうか」

それはよかった、と思いつつ立ちあがった丈右衛門は文之介の部屋に向かった。

失礼する、と声をかけようとして、とどまった。半分あいた襖から、文之介の枕元に座っているお春の背中が見えたからだ。

弟の栄一郎の姿は見えない。厠《かわや》にでも行っているのだろう。

部屋にはお春と文之介だけだ。文之介は昏々《こんこん》と眠っている。

お春はじっと文之介を見ている。なにか語りかけているようだが、丈右衛門の耳には届かない。

はやく目を覚ましてほしいと願っての言葉か、それとも、毒入りの味噌汁を食べさせたことを謝っているのか、とにかく切々と訴えているようだ。

文之介は顔だけが見えている。きこえているとは思えないが、表情がずいぶんとやわらかい。

いや、きっときこえているのだろう。二人は、幼い頃からずっと想い合ってきたのだから。

お春が丈右衛門に心惹かれていることを公言し、この屋敷に入り浸っては丈右衛門の肩をもんだり、洗濯や掃除をしたり、食事をつくってくれたりした。

それはすべて、文之介の顔を見るための方便にすぎなかったのだろう。お春自身、その気持ちに気づいていなかったようなところもあったが、本当に好きだったのは、誰が見ても文之介だった。

お春が手をのばし、布団から出ている文之介の腕をなかに入れようとした。

その手が驚いたようにとまる。どうやら文之介が握り返してきたようだ。

目を覚ましたのか。

丈右衛門は敷居を越えようとした。

お春が文之介の顔をのぞきこんでいる。やがて力なく首を振った。

駄目だったか。

丈右衛門は落胆しかけたが、すぐに目をみはることになった。

文之介はお春の手を放していないのだが、にこりと笑ったように思えたからだ。

「文之介さん」

お春にも同じように見えたのだろう、驚きの声を発した。

本当はあいつ、目を覚ましているのではないのか。

そう疑いたくなるほど、はっきりとした笑顔だった。

だが、文之介は眠ったままだ。

ということは、と丈右衛門は思った。あいつはきっと夢のなかでお春に会っているのだろう。

でなければ、あの笑顔はできまい。

とにかく、あんな笑いができればもうしめたものだ。文之介が目覚めるのは間近だ。

丈右衛門は確信した。

このまま立ち去ろうかと思ったが、うしろから足音がきこえてきた。

栄一郎が厠から帰ってきたのだろう。

丈右衛門は振り向き、栄一郎に笑いかけた。

「よく眠れたか」

「はい、おかげさまで」

栄一郎は藤蔵によく似ている。奉行所にいる父親のことが心配で、これからのことも不安でならないはずなのに、気丈に笑顔をつくっている。

こういう気質は、まちがいなく父親譲りだろう。

「おじさま」

お春が敷居際に立っている。

「お春」

丈右衛門は近づき、細い肩に手を置いた。

「わしは出かける。文之介のことをよろしく頼む」

「はい、わかりました」

お春がはっきりと答える。

「いい子だ」

やわらかな髪をなでた丈右衛門は、きびすを返そうとした。

「お春、また文之介の笑顔を見たいな」

「えっ」

お春がなにかいおうとしたときには、丈右衛門は廊下を歩きだしていた。

夫婦の部屋に入り、腰に刀を差した。やや厚手の羽織をはおり、廊下に出る。

玄関に人の気配がしている。

「勇七、来たか」

「はい。おはようございます」

おはよう、と丈右衛門は返し、雪駄《せった》を履いた。

「いってらっしゃいませ」

お勢をおぶったお知佳が見送ってくれる。

「うむ、行ってくる」

丈右衛門は勇七をしたがえるようにして、外に出た。

いい天気になりそうだったが、今は厚くて重そうな雲が空を覆い尽くしているせいで、江戸の町は夕闇に閉ざされたかのように暗い。雲の重みで、家並みが押し潰されてしまうのではないか、と思えるほど雲は下におりてきている。

雲が雨戸の代わりでもしているかのように吹きこんでくる風はなく、遠くで鳴いているはずの犬の声が近くからきこえてくるような、不思議な静寂に町並みは包まれている。

「おかしな天気ですねえ」

勇七がうしろからいう。

「妙に静かですね」

「まったくだな」

丈右衛門は振り返り、勇七を見た。

「天変地異の前触れかもしれんぞ」

「えっ、ご隠居、脅《おど》かさないでください」

「脅かしなどではないさ。物の本には、大きな地震の前など、奇妙な静寂が訪れたなどと書いてある」

「えっ、じゃあ、地震が来るんですか」

「そいつはわからんさ。地震は怖いが、いつ来てもうろたえないように、心構えだけはしておかねばならぬ」

「はい、本当にそうですけど、あっしはできたら地震は勘弁してもらいたいですねえ」

「勇七は苦手か」

「もちろんです。文之介の旦那も苦手ですねえ」

「まったくだな」

丈右衛門は思いだした。

「勇七、覚えているか」

「ええ、覚えていますよ」

あれはもう十五年近く前のことだ。丈右衛門は文之介と勇七を連れ、庭で名高い、とある商家の別邸に行った。

その別邸のあるじと丈右衛門は知り合いだったのだが、庭ではなく、あるじが飼っている猿を見に行ったのだ。

猿は、さまざまな芸をするということだった。

この猿のことは丈右衛門があるじからきいたわけではなく、どこからか文之介が噂《うわさ》をきさこんできたのだ。実際、丈右衛門も興味があった。

しかしその日、機嫌がよくなかったのか、離れ近くの木につながれた猿は芸らしい芸をしなかった。

退屈した文之介と勇七と一緒に、丈右衛門は庭を散策し、離れの茶室で、すまながったあるじから茶を振る舞われたのだ。

そのとき、かなり大きな地震があり、離れは潰れてしまうのではないかと思えるくらいに揺れた。

にじり口のそばにちょこんと座っていた文之介が勇七の手を取って逃げだしたのまではよかったものの、勇七を巻きこむ形で庭の池に勢いよく飛びこんでしまったのだ。

二人とも、頭まで水をかぶっていた。まさに濡鼠《ぬれねずみ》だった。

夏の終わりのことで、幸いにも二人が風邪を引くようなことはなかったが、あのときの文之介のあわてようといったらなかった。

「でも旦那は、身動きできなかったあっしを連れだしてくれましたからね。今でもあっしはあのときのことを感謝していますよ」

丈右衛門は苦笑した。

「わしは見捨てられたぞ」

「そんなこともないんでしょうけど」

丈右衛門は笑みを浮かべたまま、勇七を見やった。

「しかし勇七、顔色がいいな。なにかいいことがあったのか」

「おわかりになりますかい」

三月庵を出たときにあった子供たちとのやりとりを、勇七が話した。

「そうか、そんなことが……」

子供たちの気持ちを知り、丈右衛門は自然、胸が熱くなった。

やってやるぞ、という思いが丈右衛門のなかでとめようもなくふくれあがってゆく。

四

さっき文之介は笑ってくれた。

お春は自分の頬もゆるんだのを感じた。

この人、私の手を握ったのが、きっとわかったんだわ。

これまで、文之介と手をつないだことはない。それでも、文之介がお春の手であるとわかったというのはこの上ない喜びだ。

今、お春は文之介の部屋に一人だ。弟の栄一郎は座敷の縁側に出て、書を読んでいる。どの時代のものかは知らないが、歴史を記したものを丈右衛門から借りていた。

今日は厚い雲が空を覆い、まだ夜が明けて間もないように暗いから、あまり根をつめないでほしいが、気を紛らわすためには書を読むというのは、いい手立てかもしれない。

お春は文之介に目を落とした。

変わらず眠っている。食べ物はかたい物はやれないから、お知佳のつくるよくだしを取ったお吸い物の汁だけをあげている。

さじを近づけると、母親の乳に吸いつく赤子のような顔でひたすら飲む。この分なら、丈右衛門のいっていた通り、きっと本復も近いだろう。

寿庵の薬も効いてくれるにちがいない。目もよくなるはずだ。

この屋敷を訪ねてくるようになってから、いったいどのくらいの月日がたったのだろうか。

お春は考えた。

物心ついた頃には、まるで祖母の家かのように頻繁に訪れていた。

子供の頃から、丈右衛門のことがとにかく好きだった。丈右衛門のそばにいると、心が安らいだのだ。あたたかで手触りのよい、上質の着物に包まれているような心地だった。

その気持ちは幼い自分の勘ちがいなどではなく、丈右衛門に対して本当に感じていたことだろうと思う。

丈右衛門のそばにいればそういう思いを味わえるから、日を置くことなく、ほとんど毎日、御牧屋敷に足を運んでいたのだ。

屋敷にはおっちょこちょいで人なつこく、お調子者の男の子がいた。

お春に子犬のようにすり寄ってきたが、とても心のやさしい子であるのは、肌にしみいるように自然に感じることができた。

もう十年以上も前、一緒に外に遊びに出たことがある。丈右衛門は奉行所に出仕していた。

八丁堀からどこまで行ったのか、今ではほとんど覚えていないが、子供の足ではかなりの遠出だったのはまちがいない。

ただ、文之介と二人きりで遊びに出たというのが幼心にうれしく、お春ははしゃぎまわっていた。

そのためか、石にけつまずき、足に怪我を負ってしまった。

血がかなり出たことに文之介はびっくりしたようだが、すぐさま近くの自身番に入り、つめていた人にお春の傷の手当をしてもらった。

それで痛みはだいぶおさまったが、今度は歩けなかった。

そんなお春を、文之介はおぶってくれたのだ。

その頃の文之介は小柄で、力もさほどあるほうではなかった。

それなのに、三増屋までの遠い道のりをお春を背負ったまま歩き通したのだ。

お春はおぶってもらっているのがとにかくうれしくて、足の痛みがまったくなくなったあとも文之介の背中からおりようとしなかった。

すがりつくようにしていた背中はあたたかくて意外に広く、母親にほおずりされているような心地よさがあった。

このままずっとこうしていたい、と願ったものだ。

文之介さんは、とお春はいたずらっ子のような寝顔を見て思った。変わらないなあ。昔も今もやさしくて、思いやりがあるままだ。

だからいろいろな人に好かれ、慕われるんだろう。

若いからまだ頼りないところはあるが、定町廻りとして、丈右衛門のようにきっとなるにちがいない。

この屋敷には丈右衛門に会いに来ていたと自分でも思っていたが、こうしてそばに座っていると、文之介の顔を見に来ていたのがはっきりとわかる。

ごめんなさいね。

お春は語りかけた。

あんな味噌汁、つくってしまって。私が味を見さえしていれば、こんなことにはならなかった。

味見もせずに客人にだしてしまうなんて、女のすることではない。

まったくなんて私は馬鹿なんだろう。

こんな馬鹿な女の手を握ってうれしそうにするなんて、文之介さんは……。

文之介は自分にとって、もったいないような男だ。

こんな私のために、こんなふうに眠ったきりになってしまうなんて。

文之介さん、とお春は呼びかけた。

「はやくよくなってね。お願いだから」

また文之介の唇がかすかにあき、頬がゆるんだ。

「あっ、笑ってくれた」

抱き締めたくなった。いや、お春は文之介の唇を吸おうかと思った。

だが、少しためらいがあった。

その直後、廊下を渡る静かな足音がきこえてきた。

障子越しにいったのは、お知佳だ。

「お春さん」

「お客さんよ」

お春は立ち、障子をあけた。

「私にですか」

「ええ。お克さんという人よ」

お克さん、とお春は思った。ずっと文之介のことを好きだったという女性だ。

「文之介さんのお見舞いもしたいってことなの。お通しするほうがいいかしら」

「はい、お願いします」

お知佳が廊下を戻って姿を消した。

すぐにまたやってきた。うしろにやや大柄な女がついている。

ああ、本当にお克さんだ。

なんとなくなつかしさを覚えた。もともとお克も大店の出ということがあり、互いの家の往き来もあって、顔は見知っている。

そういえば、とお春は思いだした。お克に文之介が抱き締められているところを見、抱き合っていると誤解して、焼《や》き餅《もち》を焼いたこともある。

あのあとは、しばらく文之介と口をきかなかった。

お克の背後に影のようにしたがう男がいるのに、お春は気づいた。

お克は実家よりもっと大きな店へ嫁したというから、供の者かもしれない。

「お春さん、お久しぶり」

そばに来たお克がていねいに頭を下げる。眉を落とし、お歯黒《はぐろ》をしているのがいかにも人妻らしく、全身からしっとりとした落ち着きを醸《かも》しだしている。

「はい、本当に」

お春は挨拶を返した。

「こちらは私の亭主よ」

「才右衛門《さいえもん》といいます。どうぞ、お見知りおきを」

ああ、この人と一緒になったのか。

お春は、供の人だと思ったのをすまなく感じた。

こうして実際によく見ると、さすがに大店のあるじという、ゆったりとした雰囲気をまとっている。着物も上質で、それを鮮やかに着こなしていた。

歳は三十を超えているようで、お克とは十以上も歳の離れた夫婦らしいが、二人は似合いだ。

才右衛門はその名にふさわしい、どこか才走った感じがある。きっと切れ者なのではないか。

「このたびはたいへんなことになって……」

お克が言葉を途切れさせる。

「私たちの不始末で、とんでもないことになって……」

お春はうつむいた。

「それに、文之介さんも寝こませてしまって……」

ううん、とお克が首を振る。

「お春さんたちのせいじゃないわ」

お克が遠慮がちにお春の肩に触れる。

「きっとすべてがうまくいくわ。心配しないで。ね、お春さん」

お春はお克を見あげた。泣きそうにしているが、心からの言葉であるのがわかる、真剣な光を瞳に宿している。

「ありがとうございます」

お春さん、とお克が名を呼ぶ。

「私で力になれることがあれば、なんでもいってくださいね」

「はい、ありがとうございます」

「さあ、お春さん、お二人になかに入っていただきましょう」

黙ってやりとりを見守っていたお知佳がいった。

「あ、はい、すみません」

お克たちを文之介の部屋に導き入れる。

お克が、文之介のそばに正座する。才右衛門はうしろに控えた。

「文之介さん」

お克が静かに呼びかける。

だが文之介は身動き一つしない。

お春は、寿庵の見立てを伝えた。

「そう、命に別状はないの。よかった」

心から安堵したという表情だ。

お知佳が茶を持ってきた。

その茶はお克に飲まれることなく冷めた。お克は文之介を見つめ続けていた。

「お克」

才右衛門が背中に声をかける。

「おいとましよう。文之介さまの障りになるよ」

やさしい声音で、才右衛門の性格がよく伝わってきた。お克はいい男のもとに嫁いだのだ。

「あ、はい、すみません」

お克が才右衛門に頭を下げる。次いで、お春やお知佳にも同じことをした。

「長々とお邪魔してしまって、申しわけなく存じます」

「いえ、お邪魔だなんてそんな」

お知佳が真摯に首を横に振った。

「では、これで失礼いたします。文之介さまがお目覚めになったら、私どもにつなぎをいただけませんか」

「はい、きっと」

お知佳が力強く請け合う。

「では、これにて失礼いたします。――お春さん、困ったことがあれば、なんでもいってね。力になるから」

お克はそういい置いて、才右衛門とともに帰っていった。

五

捨て子だった嘉三郎と捨蔵を育てあげたのは、おきりという女だった。

これは、丈右衛門や文之介が燃え盛る家から勇七に助けだされたあと、嘉三郎のことを調べて判明したことだ。

嘉三郎と捨蔵の二人は、おきりと一緒に深川猿江町の一軒家に住んでいた。

嘉三郎がどうして捨蔵を殺したのか、その理由を知るために、丈右衛門は勇七とともに猿江町にやってきている。

まずは、捨蔵のことを徹底して調べる気でいた。

朝の四つ頃までは重く厚い雲が空を覆っていたが、あたたかさをはらんだ南風が吹きはじめた今、雲は飛ばされるように一気に北へと流され、顔をのぞかせた太陽が晩秋とは思えぬつややかな光を放っている。

町は明るさに満たされ、寒さもゆるんだこともあって、行きかう人たちの顔は花が咲いたようにほころんでいる。笑みを浮かべつつ歩いたり、辻《つじ》で話をしたりしている者の姿を目にすると、この世は善人ばかりに思えてくる。

嘉三郎という極悪人が本当に生まれ出たというのが、不思議なくらいだ。

丈右衛門たちは、さっそく捨蔵のことを調べはじめた。

猿江町の名主《なぬし》のもとに行き、人別帳《にんべつちょう》を見せてもらった。

これは丈右衛門の名が効いた。代替わりがあって猿江町の名主とは面識はなかったが、今の当主は先代から丈右衛門のことを教えられていたのだ。

「御牧さまには、だいぶお世話になったということをうかがっています」

今の当主は若い。まだ三十にも届いていないのではないか。丈右衛門を見る目に、憧《あこが》れの色があった。

「そんなことはないさ。たいしたことはしておらぬ」

先代が家作のことでやくざ者が絡んだ男といさかいになったとき、丈右衛門があいだに入ったにすぎない。先代のもめ事の相手となった男にはもともとうしろ暗いところがあり、丈右衛門が割って入ると、あっという間に姿を消したのだ。それきり行方をくらまし、今、生きているのかすら不明だ。

しかし人別帳には、捨蔵のことは記されていなかった。

このあたりが、やはり捨て子ということなのだろう。

さて、どうするか。

名主の家を出た丈右衛門は思案した。

「おきりのことを調べてみるか」

「ご隠居、おきりさんというと、嘉三郎と捨蔵の二人を育てた人ですね」

「そうだ。おきりはもう亡くなっているが、おきりから、嘉三郎と捨蔵について話をきいている者はきっといるはずだ」

なるほど、と勇七がうなずく。

「おきりさんの住みかはわかっているんですかい」

「うむ、わかっている」

丈右衛門は勇七を引き連れるようにして、足を進めた。

おきりは、鉄太郎という押しこみを生業とする者の情婦だった。鉄太郎に命じられて、嘉三郎と捨蔵を鉄太郎の手下とするため二人を育てた。

鉄太郎は竹平屋《たけひらや》という呉服屋に押しこもうとして丈右衛門にとらえられ、火刑になった。

どうしておきりという女は、鉄太郎などというどうしようもない男の情婦になり、自分とはなんの関係もない二人の捨て子を育てることができたのか。

丈右衛門は足をとめ、家を見あげた。

「ここだ」

「こちらのお武家さまは」

勇七が、おきりの家の東側にある武家屋敷のあるじをたずねる。

「九鬼《くき》家の下屋敷らしいな」

「九鬼さまというと、水軍で名があるお家ですね。領国は確か……」

勇七が思いだそうと首をひねっている。

「昔は紀伊国だったが、いまは丹波綾部《たんばあやべ》だよ。一万九千五百石を領している」

「ああ、さようでしたね」

勇七が、おきりが住んでいた家に目を移す。

「おきりさんはもう亡くなっているとのことでしたけど、死んだわけはご存じなんですかい」

丈右衛門は勇七を見た。

「勇七は殺されたのではないか、とにらんでいるのか」

丈右衛門は小さく笑みを見せた。

「筋としては悪くない。そういうふうに考えるのは、探索する者の心得としてはひじょうにいいことだ」

ほめられて勇七は白い歯を見せた。

「だが、おきりの死に不審な点はないようだな。四年前、肝の臓の病によるものということだ。それは確かだ。隣家の女房にきいたのだから」

「さようでしたか」

丈右衛門は再び勇七を見た。

「しかし勇七、目のつけどころとしてはすばらしいぞ。おきりを看取ったかもしれん医者に、さっそく話をきいてみよう。病に冒された者というのは、医者になんでも話したがるものだからな。その医者はなにか知っているかもしれん」

丈右衛門は隣家に訪《おとな》いを入れた。この前、話をきいた女房が出てきた。

「あれ、こないだのお侍ですね」

丈右衛門はにっこりと笑った。女房が少しまぶしそうにする。

丈右衛門が医者のことをきくと、女房はなんのためらいもなく教えてくれた。

「ありがとう」

丈右衛門はていねいに礼をいって、その場を離れた。

道を足早に歩き進む。

「ご隠居、今の人、ご隠居に惚れたという目で見ていましたねえ」

うしろから勇七がいう。

「そんなことはないさ」

「いえ、ありましたよ」

「しかし勇七」

丈右衛門は振り向いた。

「そんな冗談をいえるようになったというのは、いいことだぞ」

「えっ、ああ、いわれてみれば、まったくその通りですねえ」

勇七が安堵の色を顔ににじませる。

「旦那の命の心配がなくなったというのは、やはり大きいですよ。目のことは、まだ気にかかりますけど」

「目も大丈夫さ」

丈右衛門は確信を持って口にした。

「寿庵先生は、これまで何度も文之介の危機を救ってくれた。勇七もよく知っているだろうが、文之介は病だけでなく、よく怪我もしたよな。そういうのを、ことごとく寿庵先生は治してくれた」

「あっしも寿庵先生には、よく来てもらいましたよ。あれはご隠居が紹介してくださったんですね」

「ほかならぬ勇七のためだ。腕のいい医者を紹介するのは当然だ」

「ありがとうございます」

勇七が腰を深々と曲げる。

「あっしも一度、寿庵先生には命を救ってもらったことがあるんですよ」

丈右衛門は思いだした。

「ああ、知っているぞ。ひどい腹痛のときだろう」

「ええ、そうです。あれにはまいりました。腹がくだりっぱなしで、ずっと痛いんです。しかも熱も出てきて、寿庵先生をもってしても治らなかったんです。あっしは、もう死ぬなって本気で覚悟したんです。親も同じ思いだったんでしょう」

勇七がそのときの苦しみを思いだしたような、苦い表情をする。

「でも寿庵先生は決してあきらめなかったんです。あっしにも親にも、きっと治してみせるからあきらめるなって。本当に粘り強いんですよね。結局、必死に本を読んで、いい薬を見つけてあっしに処方してくれたんです。翌日、あっしはけろっとしてましたよ」

「さすがとしかいいようがないよな。ああいういい医者と知り合いというのは、わしたちは運がいいんだ」

「運だけじゃないと思いますよ」

勇七が真摯な口調でいう。

「ご隠居が人との出会いを大事にしている、なによりの証だと思うんです。人というのは一人で生きていけるはずもなし、つながりを大切にしなければ、そういう縁も切れてしまうものだと思うんです」

「本当にその通りだよな」

丈右衛門は深くうなずいた。

「今はそういう縁が切れかかっている時代かもしれん。だから、嘉三郎のような者が平気であらわれる」

医者の家は猿江町の裏通りに面していた。まさに女房が教えてくれた場所にあった。

「ごめんよ」

丈右衛門はひらいている戸に身を入れた。

せまい土間のすぐ上は六畳間で、数名の患者らしい男女がいた。どうやら順番を待っている様子だ。

次の間との仕切りになっている襖が閉め切られ、なかから低い男の声がきこえてくる。教え諭《さと》しているような口調だ。これがおきりの最期《さいご》を看取った、医者の導弦《どうげん》だろう。響きのある、いい声だな、と丈右衛門は思った。患者たちも深い信頼を寄せているようで、静かな表情を保っている。病に苛立《いらだ》っている感じはない。きっと導弦がよくいいきかせているゆえにちがいない。

助手などは置いていないのか、それとも所用で外に出ているのか、ほかに人がいる様子はない。

いくらききこみとはいえ、身動きすることなく座っている患者たちに割りこみはしたくなく、丈右衛門と勇七は、自分たちの番がくるのをひたすら待った。

一刻近く経過したとき、ようやく丈右衛門たちは隣の間に入ることができた。

「どちらが患者さんですか」

さすがに導弦は戸惑ったような顔をした。丈右衛門も勇七も、健やかそのものの顔色と体つきなのだ。

丈右衛門は用件を話した。

「はあ、それをきくためにお二人は待たれたのか。たいしたものですな」

導弦は色黒で、顔はまん丸だ。鼻は潰れたようになっており、口は大きい。その割に耳がとても小さい。

いい男とはとてもいえないのだが、腕と人柄のよさがにじみ出ている感じが強くして、丈右衛門は親しみと好感を持った。

「おきりさんのことはよく覚えています」

導弦が話しだす。

「こちらに見えたときは、かなりひどくなっていた。もうあと三ヶ月はやく来ていたら、本復できたでしょうね。手前の腕が足りないというのもあったのでしょう」

少し無念そうにした。

「おきりさんは四年前に亡くなりました。もし今の腕が手前にあったら、あるいは治せていたのではないか、という思いもあります。あのときは今よりもまだ、ずっと未熟者でしたから」

導弦は、おきりが育てていた二人の男の子のことを覚えていた。

「よく怪我をしては、おきりさんが連れてきていましたよ」

「その頃、その二人に関して、強く心に残った出来ごとはありませんでしたか」

丈右衛門はきいた。

導弦はしばらく考えていた。

「いえ、これといって。二人とも、無口で暗かったですね。子供らしさがほとんど感じられなかったですよ」

「先生は、おきりさんとはいつ知り合ったのですか」

なんとなく口をついて出た。

「だいぶ昔ですね。おきりさんが、この町にやってくる前のことですよ。あれは、この町を通りがかったとき急な腹痛に襲われて、手前のところに担ぎこまれたんです。差しこみのようなもので、按腹《あんぷく》で治りました」

「ほう、さすがですね」

「いえ、でも、考えてみれば、肝の臓の病の前触れだったのではないか、と今は思えてなりませんよ」

導弦は少しのあいだ目を閉じていた。

「そのときおきりさんは、すでにお妾《めかけ》奉公をしていたのですか。旦那は、鉄太郎という男ですね」

導弦が首をひねる。

「いや、そんな名ではなかったように思いますよ」

丈右衛門は興味を惹かれた。

「鉄太郎というのは、三好町に住んでいた男ですが、先生の覚えとちがいますか」

「おきりさんはそのとき、本所柳原町《やなぎわらまち》のほうに住んでいると、いっていましたよ」

丈右衛門は、本所柳原町の位置を思い浮かべた。ここからだと北へほぼまっすぐだ。町は竪川《たてかわ》をはさみこむようにしており、東西に長い。

導弦は本所柳原町の何丁目に住むなんという男におきりが世話になっていたか、そこまでは覚えていなかったが、それはもう三十年以上も前の話ですよ、といった。

そんなに前のことなら、覚えがないのもうなずける。

丈右衛門は導弦に厚く礼をいって、診療所をあとにした。

「ご隠居、本所柳原町に向かわれるんですかい」

勇七がきいてきた。

「いや、その前にもう一度、猿江町の名主のところだ」

もしおきりが本所柳原町に住んでいた男の世話になっていたとして別の町に妾宅《しょうたく》を与えられていた場合、ちゃんと人別送りがされていれば、どの町に妾宅があったか、わかるはずだ。

そのことを丈右衛門は勇七に告げた。

「なるほど」

「しかしなあ」

丈右衛門は慨嘆《がいたん》するようにいった。

「ご隠居、どうかされましたか」

「いや、また名主の屋敷に行くというのは、二度手間だよな。さっき、おきりのことも調べておけばよかったんだ。こういうのは現役の頃のわしにはなかった。ずいぶん勘が鈍っているな」

「いえ、ご隠居の勘に衰えなどあるはずありませんよ」

丈右衛門は苦笑した。

「勇七、元気づけてくれるのはありがたいが、衰えているのは紛れもない事実だよ」

名主に会い、再び人別帳を見せてもらう。

人別帳に目を落として丈右衛門は思った。どうやらおきりは、本造《ほんぞう》という旦那と一緒に暮らしていたようだ。

すぐさま丈右衛門と勇七は、道を北に取った。

着いたのは本所柳原町二丁目だ。

自身番に行き、三十年以上前、おきりが本造と住んでいた家の場所をきいた。

町役人の一人が案内してくれた。

「手前はおきりさんという方は存じませんけど、本造さんが住んでいたのはこちらです」

一軒の家を指し示す。

「本造さんは二十年以上も前に亡くなっていますけど、家は火事に遭うこともなく、こうして残っています」

その町役人だけでなく、この家の近所の者もおきりと本造のことを覚えている者はいなかった。

丈右衛門は、本所柳原町二丁目の名主に会った。

柳原町は六丁目まであるが、一丁目から三丁目までは同じ男が名主をつとめている。あとは四丁目の名主と五丁目、六丁目の両方をまとめる名主がいる。

ここでも、こころよく人別帳を見せてもらえた。

おきりはこの町にやってくる前は、本所長岡町《ながおかちよう》一丁目にいた。男と一緒に暮らしていたことから、そこでも妾奉公をしていたにちがいあるまい。

丈右衛門と勇七は、大横川沿いに道を北へと進んだ。

本所長岡町一丁目に足を運ぶ。

この町でも名主に会い、人別帳を見せてもらった。

ここの人別帳から、おきりが川越《かわごえ》近くの百姓の娘だったのがようやく知れた。

もう七十を超えている名主は、住人のことをよく覚えており、おきりのことも脳裏の端にわずかに引っかけていた。

「確か、太多屋《たいたや》さんの周旋で唄吉《うたきち》さんのお妾になったんですよ」

太多屋というのは、前にこの町にあった口入屋とのことだ。

「火事で建物も焼け、主人も焼け死んでしまったんですけどね」

唄吉もとうに鬼籍《きせき》に入ったとのことだ。

「こちらは酒の飲みすぎですね」

「肝の臓をやられたのかな」

「いえ、酔っ払って大横川に落ちたんですよ。真冬のことでしたから、どうにもならなかった」

唄吉という男は小間物屋のあるじだった。かなり盛《さか》っていた店だったそうで、唄吉は羽振りがよかったらしい。

「おきりはどうして川越を出てきた」

丈右衛門は名主にただした。

「おきりさんの親父《おやじ》は、もともと大百姓だったんです。でも、とんでもない道楽者で、身代《しんだい》のほとんどを失ってしまったんですよ。おきりさんは一家を食べさせるために、身を売るしかなかったんです」

そういうことだったのか、と丈右衛門は思った。よくある話とはいえ、少し哀れみを感じる。

「ああ、そういえば……」

いきなり名主が頓狂《とんきょう》な声をあげた。なにか思いだしたようだ。

「どうした」

「えっ、ああ、今なにか頭のなかを通りすぎたんですけど、すみません、忘れちまいましたよ」

名主は真っ白な鬢《びん》を音を立ててかいた。

「すっかりぼけちまって、歳は取りたくないですねえ」

「いや、おまえさんは若いぞ。たいしたものだ」

「そうですかね」

名主は歯のない口を見せ、手習をほめられた子供のように無邪気に笑った。

「あっ、思いだした」

真剣な顔を丈右衛門と勇七に向けてくる。

「そうですよ、子がいたんです」

「子だと。おきりにか」

「ええ、そうです。男の子ですよ」

おきりに男の子がいたというのか。かなり惹かれるものがある。

勇七も同じなのか、目を輝かせている。

「名は」

「覚えてませんね」

「唄吉の子か」

「いえ、おきりさんの連れ子だったと思いますよ。川越のほうで、同じ百姓のせがれか誰かと不始末をしでかして、できた子じゃないですかね」

「その男の子は、唄吉と一緒に住んでいたのか」

「いえ、唄吉さんの世話になる前に、おきりさん、どこかに預けたはずですよ」

「どこに預けた」

「それは存じません」

「唄吉が死んだあと、おきりは引き取ったのか」

「さあ、そいつもわかりません」

ほかにきくことも見つからず、丈右衛門は勇七をうながして名主の屋敷を辞去した。

「ご隠居、その男の子なんですが」

道に出てすぐに勇七がいった。

「捨蔵か嘉三郎のどちらかというのは、考えられませんか」

「わしも同じことを考えていた」

もしそうだとした場合、どういうことになるのか。

このことが、と丈右衛門は思った。嘉三郎が捨蔵を殺した理由に、つながってくるのだろうか。

六

翌日、丈右衛門は勇七とともに再び深川猿江町にやってきた。

おきりが産んだ男の子のことを、丈右衛門はさらに調べた。

嘉三郎か捨蔵。勇七がいうように、どちらかがおきりの実のせがれであるのは、まずまちがいないだろう。

このあたりに、嘉三郎が捨蔵を殺した理由があるのも疑えないのではないか。

おきりは、おそらく鉄太郎には秘密で、実の子を拾い子として育てたのだ。

猿江町界隈を、会う人すべてに話をきくようにして、とことん調べてみた。

おきりのことではなく、捨蔵のことが引っかかってきた。

丈右衛門は文之介から預かっている捨蔵の人相書を持っているのだが、捨蔵の人相にぴったりの男を知っている者に出会ったのだ。

そこは深川石島町《いしじまちょう》の茶店だ。大横川が目の前を流れている。といっても、ほとんど流れは感じられない。

もともと捨蔵が猿江町か、その近くに住んでいたのではないか、と丈右衛門はにらんでいた。

捨蔵は矢野新《やのしん》という煮売り酒屋の小女《こおんな》に、ここ最近、二度ばかり姿を見られていたからだ。もし捨蔵がおきりの実の子だったとして、きっと育った町を離れがたかったのではないだろうか。

捨蔵を知っているという男も、煮売り酒屋のあるじだった。

「知っていると申しましても、もう八年以上も前のことですよ」

あるじがそんなに期待しないでほしい、との思いを面にだしていった。

「かまわぬ。話してくれぬか」

丈右衛門はあるじのために茶のおかわりをもらった。

すみませんね、とあるじが新しい湯飲みを傾ける。

「あっしはこの町で谷誠《たにせい》という店をやっているんです。おかげさまで商売はまずまずうまくいってまして、もう三十年近く、やらせてもらっています」

「いい店なんだろうな」

丈右衛門は茶で唇を湿らせた。横で勇七はあるじから真剣な目をそらさずにいる。

「捨蔵さんはうちによく来てくれましてね、常連といっていい人でした」

「どこに住んでいたか、知っているか」

「ええ、存じています」

あるじがあっさりとうなずく。

「この町ですよ。裏店《うらだな》です」

「そうか。場所も知っているか」

「ええ、存じています」

丈右衛門は茶店の代を支払い、勇七と一緒に捨蔵が住んでいたという長屋に向かった。

茶店からそんなに離れていない、裏店だ。長屋の木戸には、剛次郎《ごうじろう》長屋と小さな看板が打ちつけてある。

あるじによると、八年前まで捨蔵はこの長屋に住んでいたはずとのことだ。

剛次郎長屋は、路地をはさんで七つの店が向き合っている。

十四ある店のうち、右側の三番目が捨蔵の住みかだったそうだ。

さっそく長屋の者に、捨蔵のことをきいてみた。

昔からずっと住んでいる女房から、話をきくことができた。

「ええ、捨蔵さんのことなら覚えてますよ」

丸々と肥えた女房は、はっきりといった。

「捨蔵さん、今、どうしているんですか」

眉をひそめるようにしてきく。

「死んだ」

丈右衛門は静かに告げた。

「ああ、そうなんですか」

女房が一瞬、冥福《めいふく》を祈るように目をつむった。

「どういう死に方をしたんですか」

丈右衛門は、嘉三郎という男に刺し殺されたと教えた。

「そうなんですか、そんな死に方を」

丈右衛門は、この長屋に捨蔵がいつ越してきたかをきいた。

「十五年くらい前じゃないかと思いますよ」

「そうか」

ただし、といって女房は声をひそめた。

「人別帳にはのっていなかったはずです」

「無宿人だったのか」

予期していたこととはいえども、だからこそなかなか住みかが見つからなかったのだ。

「ええ、金さえ払えば今の世はいろいろできますからねえ」

女房は眉に深いしわを寄せている。

「この店の大家は、金さえ積めばいうことをきいてくれるのか」

女房があわてたように手を振る。

「とんでもない。今の大家さんはちがいますよ。前の大家さんがそうだったんです」

「前の大家はどうしている」

「とっくにおっ死んじまいましたよ。強欲な大家で、みんな、きらっていました。正直、死んでくれて清々《せいせい》したものですよ」

そうか、と丈右衛門はいった。勇七は少し残念そうな面持ちだ。

「捨蔵はこの長屋に一人で住んでいたのか」

「ええ、そうですよ。兄弟もなし、姉妹もなし、もちろん女房もなし」

「友はどうだ」

「いたんですかねえ。訪ねてくる人はほとんどいなかったですよ」

「この男は」

丈右衛門は嘉三郎の人相書を見せた。

女房は手に取り、じっと見た。

「来ていたような気もしますけど、覚えていませんねえ」

人相書を受け取って、丈右衛門は少し考えた。

「捨蔵は、なにを生業にしていた」

女房は小さな笑いを浮かべた。

「なにもしていませんでしたよ。ただの遊び人でしたから」

丈右衛門は顎をなでた。剃《そ》り残したひげに指先が触れた。

「よく遊びに行っていた場所などは、知らぬか」

「飲みに行くなら、この近くの谷誠という煮売り酒屋によく行ってましたけどねえ」

女房はしばらく思いだそうとしてくれた。

「駄目ですねえ。やっぱりずいぶん前のことですし、私も歳を取っちまいましたから、昔のことは思いだせないですよ」

口のなかで、あっ、とつぶやいた。

「そういえば、母親らしい人が来たことがあったような気がします。名は確か……」

こめかみに指を当て、考えこむ。

「おきりか」

「ああ、そうです。おきりさんです」

「なにをしに来たのかな」

「お金じゃないですか。捨蔵さん、せびっていたにちがいありませんよ。おきりさんが帰っていったあと、ほくほく顔で飲みに行ってましたからね」

丈右衛門は礼をいって、剛次郎長屋を離れた。

「勇七、おきりは嘉三郎には金をやらなかったのかな」

「そうですね。もしかするとやったのかもしれませんけど、どうなんでしょう」

「やはりおきりのことをもう一度、調べる必要があるな」

調べたところでまったくの無駄足になるかもしれんな、との思いを丈右衛門は抱いているが、やはり長年、定町廻り同心をつとめた性《さが》というのか、ほったらかしにしておくことはできない。

それに、捨蔵か嘉三郎のどちらかがおきりの実の子であるという目で、これまで探索はしていない。そういう目で見たとき、ちがう面が見えてくるかもしれない。

深川猿江町に戻る。おきりの住んでいた家に行き、隣家の女房に再び話をきいた。

「いえ、おきりさんのところに捨蔵さんが来るというようなことはありませんでしたよ」

「そうか」

ふと丈右衛門は思いついた。

「おきりは、隣の家で日がな一日、すごしていたのか」

嘉三郎と捨蔵という二人の子を育て、その二人が出ていったあと、どうしていたのか。

「ああ、働きに出ていましたよ」

「どこに」

女房が口にする。

「ありがとう」

礼をいって、丈右衛門はきびすを返した。

勇七と一緒にやってきたのは、海老川《えびかわ》という料亭だ。本所菊川町《きくかわちょう》にあり、ここも大横川がよく見える。

本所といっても深川西町《にしちょう》との境で、深川猿江町からはほど近い。

まだ昼すぎという刻限だが、先ほどの女房によれば、昼前から店はひらいているとのことだ。昼餉を供しているのだ。

「勇七、試しにここで食べてみるか」

「ああ、そいつはうれしいですねえ」

「代は勇七がもってくれるか」

「えっ」

丈右衛門は笑いかけた。

「冗談だ。いくら隠居で金がないとは申せ、勇七に払わせようとは思わんよ」

丈右衛門は気軽に暖簾を払った。

二人は奥の座敷に通された。

「料亭というからもっと格式張っているかと思いましたけど、あっしでも入りやすい店ですね」

「うむ、いい店だな」

掃除が行き届いており、座っていてとても気持ちがよい。

いかにも古手という女中おすすめの、鰺《あじ》の刺身と天ぷらがのっている膳にした。

膳はすぐにやってきた。

刺身も天ぷらもうまい。鰺がとにかく新鮮で、旨《うま》みがたっぷりだ。

勇七は、うまいですねえ、を何度も繰り返した。

満足して食事を終えた丈右衛門は、茶のおかわりを持ってきてくれた女中に、おきりという女を知っているかたずねた。

「ええ、存じていますよ」

女中は丈右衛門たちをまじまじと見た。

「おきりさん、四年ばかり前に亡くなったとききましたけど……」

丈右衛門は茶を一口喫した。

「この店におきりを訪ねてくる男はいなかったか」

「ええ、いましたよ」

女中が顔をしかめて答えた。

「なんでも、せがれってことでしたけど、いつも金をせびっていましたねえ」

「この男か」

丈右衛門は捨蔵の人相書を見せた。

「ええ、そうです。おきりさんを外に呼びだしては、手をあげたりして……」

この女中は、店の脇の路地でそういうことがあったのを、目の当たりにしたことがあるのだという。

「おきりさん、顔を腫《は》らして。これから店が忙しくなるってときで、お化粧でごまかして、たいへんでしたよ」

それだけきければ十分だった。丈右衛門は勇七と一緒に外に出た。

「となるとご隠居――」

勇七がいい、丈右衛門は顔を向けた。

「嘉三郎の実の母がおきりさんで、実の母をそういう目に遭わせた捨蔵を殺したということでしょうか」

丈右衛門は首をかしげた。

「かもしれんが……」

丈右衛門は、どうにも釈然としないものを感じている。

嘉三郎という、人とは思えない男が、ふつうの者が持つ感情を果たして抱くものなのか。

七

三増屋のあるじ藤蔵が死罪になった、という風聞はいまだに届かない。

このことについては予期していないことはなかったから、嘉三郎に苛立ちはない。

いや、ないといったら嘘になる。

おかしいではないか。

正直、嘉三郎は怒鳴りつけたいくらいだ。

市ノ瀬屋のあるじ半左衛門は町奉行所に引っ立てられたあと、すぐさま沙汰《さた》がくだり、刑に処された。

藤蔵の場合、奉行所の牢につながれている日数は半左衛門より長い。

それなのに、いまだに死罪にならないとは。

おそらく、と嘉三郎は思っている。丈右衛門の力が働いているのだ。

名同心といわれた男の言ゆえ、奉行所の上の者も必死にとどめているのだ。

丈右衛門は藤蔵を罠にはめたのが、この俺であることに気づいているのだろう。

このことははなから頭に入れておいたが、実際に処刑が遅れに遅れているのがわかると、腹が煮えてならない。

これではなんのために藤蔵を陥《おとしい》れたのか、わからないではないか。

丈右衛門や文之介を悲しみのどん底に落とすためだ。それ以外にはない。

それが目的だったのに、これでは策を講じた意味がなくなってしまう。

なにかすべきか。

いや、動くのはよくない。ここはじっと待つべきだ。

藤蔵は丈右衛門という名によって、今のところ、なんとか死罪になるのをまぬがれている状態だろう。

十名もの死者をだした味噌、醤油問屋のあるじの話はとうに老中の耳に入っており、実際には死罪を急がせているのではないか。

だから、ここはただ待てばいい。下手に動いて、居どころを知られるようなことがあってはならない。

じっとしていること。

これこそが、必死に俺の居場所を調べあげようとしている丈右衛門を焦らせる、最も有効な手立てだろう。

嘉三郎は不意に空腹を覚えた。

捨蔵がつくる、味噌で煮こんだうどんがなつかしい。

あれを食えないのが、捨蔵を殺した心残りだ。

天井を見あげているうち、腹のことは忘れた。

代わりに、あのときの感触が生々しくよみがえってきた。

匕首《あいくち》が肉をえぐり、骨をかすめる。

どうして死なねばならないか、捨蔵としては不思議でならなかっただろう。

実をいえば、俺も殺したくはなかった。

だが遺言にはしたがわなければならない。

「殺して、お願い」

あの言葉はいまだに耳に残っている。だから、俺は捨蔵を殺《や》った。

実際にはかなり迷った。だから四年ものときがあいてしまったのだ。

目を閉じる。また空腹を感じた。

飯を食いに行くか。

嘉三郎は立ちあがり、隠れ家を出た。

日はとうに暮れたようで、闇が囲いとなって江戸の町を覆っている。夜はまだ浅く、提灯を手にした町人たちが行きかっている。武家の姿もかなりまじっているが、町人にくらべれば数は少ない。

その群れのなかに入りこみ、嘉三郎は小田原提灯を灯して歩いた。

あたりに目を配り、自分に注目している者がいないかを探る。

毎日、こういうことの繰り返しだ。さすがに神経がささくれ立つが、今日もこの俺をつけている者などいない。

ということは、いまだに居どころを知られてはいないのだ。

だが、いつまでも今の隠れ家に長居はできない。いずれ知られるのは紛れもないことだ。

その前に、動いたほうがいい。そうやってこれまで俺は生き残ってきたのだから。

いいにおいを嗅《か》いだような気がして、嘉三郎は裏路地に入りこんだ。

赤提灯が灯っている。これまで入ったことのない煮売り酒屋だ。

烏賊を煮ているらしい、醤油の甘辛いにおいが漂っている。

烏賊は好物だ。嘉三郎は暖簾を払った。

なかは薄暗く、あまり客はいない。数名の客が座敷にいて、酒を酌《く》んでいるだけだ。

嘉三郎は客たちから少し離れたところに陣取った。

厨房《ちゆうぼう》には親父が一人、もう一人は親父の娘らしい歳の小女だ。こちらは少しだるそうに皿を洗っていた。

「いらっしゃいませ」

親父が声をだすと、今、気づいたような顔で小女が手をふきつつ近づいてきた。客が来たのが迷惑らしい、ぶすっとした顔をしている。

「なににしますか」

ぶっきらぼうにきく。

「烏賊を煮ているのか」

嘉三郎は低い声でいった。

「ええ、そうです。おいしいですよ。うちの自慢の品です」

小女は一転、にっこりした。意外に愛らしい顔をしている。

「そいつをもらおう。それと熱燗《あつかん》だ」

「わかりました」

小女が親父に注文を通す。

お待たせしました、と小女が頼んだ物を持ってきた。

「どうぞ」

酌までしてくれた。こくがあって、なかなかいい酒だ。

「ごゆっくりどうぞ」

小女が去る。嘉三郎は烏賊の醤油煮を箸で口に入れた。

「うまいな」

つぶやきが出た。

おきりを思いだした。おきりも烏賊が大好きだった。

自分の烏賊好きは、きっとおきり譲りなのだろう。

酒を飲んだ。烏賊と酒が一体となって、旨みが倍になるような感じだ。うまさが口中にあふれる。

「こいつはいい」

ふと幸せを感じた。おきりのつくってくれた烏賊も、またうまかった。

殺して、お願い。捨蔵を殺したのは、おきりにいわれたからだ。

私のしくじりだったの。

おきりは嘉三郎にいった。

引き取らず、預けたままにしておけばよかったの。そうすれば、鉄太郎の子になどならなかったのに。でも私ね、手元でどうしても育てたかったの。自分で育てれば、きっと捨蔵はまっすぐ育つ。

だが、その願いはむなしいものでしかなかった。

おきりは、実の子である捨蔵をできるだけはやくあの世に送ってほしいといったのだ。

肝の臓の病で、死ぬ間際のことだった。

どのみちあの子は、獄門を避けられない。あの子はあなたとはちがう。あの子は惨《みじ》めな末路をたどる。

俺がついているから、と嘉三郎はいってみたものの、おきりは納得しなかった。

逆にあの子はあなたの足を引っぱるわ。兄弟同様に育ったあなたの手で。ね、お願い。

おきりにそこまでいわれては、断ることはできなかった。

いや、俺は、と杯に酒を満たして嘉三郎は思った。おきりにいわれたから捨蔵を殺したわけではない。

ただ、やつがうとましかった。それだけのことだ。

やつが母親のぬくもりを知っているからとか、そういう理由では決してない。

嘉三郎は杯の酒を飲み干した。苦い味がした。

第四章　光明薬

一

季節がいつかわからない。

どうしてなのだろう。

文之介はぼんやりと思った。

秋のはずだけれど、妙にあたたかだ。まるで春のようだ。

小春日和《こはるびより》という言葉があるけれど、それとはなにかちがう。

いや、ちがわないのかな。

春と秋では大気の感じがちがうけれど、あたたかという点では、さほどの差はないんだろう。

それにしても、今、季節はいつなんだったっけかな。

どうしてこんなことがわからないのか。

なんとなくじれったい。

おかしいな。

そうか、と唐突に気づいた。目をあけてないからだ。あたたかみを感じているのは、肌だけだ。

人というのは、目で感ずることが一番大きいんじゃないのかな。

あたりの景色を目の当たりにすれば、季節がいつかなんて、一目瞭然《いちもくりようぜん》じゃないか。

だが、なんとなくまだ目を閉じていたい気分だ。

俺は今、いったいなにをしているんだろう。この心地よさは、そうか、眠りからきているんだ。

俺は今、眠っているんだな。

だが、なにか不思議な気分だ。夢を見ていることがわかるのはときおりあるが、こうして眠っているのがわかることは滅多にない。

どころか、これまでの人生ではじめてのことではないのか。

どうしてこんなことが起きるんだろう。

俺ももう二十三だからなあ。長いこととこうして寝起きを繰り返していれば、こんなこともあるのだろうか。

とにかく目をあけなきゃな。
だが、まぶたが動かない。
どうしてだ。
文之介は戸惑った。
こんなことってあるのか。
糊《のり》で貼《は》りつけられたみたいになっている。
文之介は犬のようにうなって、まぶたを持ちあげようとした。
だがまぶたは動かない。
人は犬とはちがうんだ。手があるんだぜ。
文之介は腕を動かそうとした。
だが骨が鉛でできたかのように重くて、動かない。
なんだ、俺はいったいどうしちまったんだ。なにが起きたんだ。
文之介は必死に体をよじろうとした。
だが、なにも変わらない。体はおろか、指の一本も動かない。
さすがに焦る。
どうして自分の体なのに、思い通りにならないんだ。
苛立《いらだ》ってきた。

くそっ。

動け。動け。

必死に念じた。

なにかに引っかかっていた雨戸がいきなり横に滑ったように、目があいた。本当にぱちっと音がしたかのようだ。

明るい。

まぶしい。

文之介は、どうしてこんなにまぶしいのか不審に思った。目をしばしばさせる。

ようやく目が明るさに慣れたようで、天井が見えてきた。

ぼんやりとしているが、見慣れた天井だ。さすがにほっとする。

布団に寝ていた。いつものように掻巻を着ている。

ふだんと同じじゃねえか。なにも変わってねえや。

それなのに目があかないわ、体は動かないわ、目があいたらまぶしくてならないわ。妙な感じだぜ。

足のほうに重みを覚えた。

今度はなんなんだい。

文之介は首を動かそうとした。

だが、またも動かない。首をなにかに押さえつけられているように感じる。まるで母犬に首根っこを噛まれている子犬だ。

本当に俺、犬になったんじゃあるまいな。

冗談じゃないぜ。

文之介は意地になって、首を動かそうとした。

いててて。

まったくひどく凝ってやがるな。按摩《あんま》にでもかからなきゃ駄目だな。

それでもめげずに首を動かそうとした。足の重みの正体を知らなきゃならない。

それでなきゃ、御牧文之介とはいえねえんだい。

それに、そういう執念深さがないと、町廻り同心など、つとまらねえんだい。

えいや。

心で気合をかけて、文之介は首をねじるようにした。

痛え。

声が出た。いや、出ていない。

どうしてだ。

このことにも文之介は妙なものを覚えた。

俺の体、いったいどうしちまったんだ。全身が骨になったみたいに、がちがちにかたまってしまっている。

それでもときをかけることで、文之介は首を動かした。

あっ。

今度は紛れもなく声が出た。それは、驚きの大きさをあらわしているのかもしれなかった。

お春じゃねえか。

どうしてこんなところにいるんだ。

文之介の足の上に頭を預け、眠っている。かわいい寝息がきこえる。うたた寝しているようだ。

こいつは夢の続きなのか、と文之介は思った。だが首の痛みは本物だ。こんなに痛いのが夢であってたまるかい。

ということは、と文之介は確信した。お春がここにいるのもうつつのことなのだ。

お春、と声をかけようとして、文之介はとどまった。そんなことをしたら、お春が起きてしまう。

もう少しお春の重みを感じていたかった。それに、お春の横顔をずっと見ていたかった。

文之介は見つめた。

かわいいなあ。どうしてこんなにかわいいんだろう。

抱き締めたいよ。

文之介は手をのばそうとした。だが、腕が動かない。

どうしてだよ。ちくしょう。

文之介はあきらめきれず、腕を動かそうとした。お春の胸のふくらみが着物を押しあげている。それに触れたかった。

馬鹿、なにをやっているんだ。

腕が動かなかったからよかったようなものの、もし動いていたら、本当にさわっていたんじゃあるまいか。

馬鹿者め。まったくなにをしようとしているんだい。

文之介は口のなかでぶつぶついった。

そのつぶやきを敏感にきき取ったように、お春が身じろぎした。

まずい。

だが、またお春は眠りに落ちるように首を少し落とした。

そんな仕草もかわいくてならない。

お春が気づいたようにはっと目をあけ、頭をあげる。首を曲げ、文之介のほうを見た。

目を大きく見ひらく。瞳《ひとみ》に映っているものが信じられないという表情になっている。

「目覚めたの」

お春が喜びを顔に一杯にあふれさせるようにきいてきた。

文之介は、わけがわからないままにうなずいた。

「おう」

「目は見えるの」

「うん」

「痛くないの」

「目か。いや、別に」

「ほかに痛いところはないの」

「うん、ない」

体のそこかしこが痛んでいるが、そんなことをいうと、お春が心配するのが文之介にはわかった。

「よかった」

お春の目の下がふくらみ、土手を破るように涙がこぼれ落ちはじめた。

「お春、どうしたんだ」

文之介は驚き、上体を起こそうとした。だが体はかたまったままだ。

「よかった」

心の底からの言葉にきこえた。

「よかったってなにが」

「よかった。よかった。本当によかった」

お春が身をよじった。文之介の上にうつぶせる。

やがて号泣がきこえてきた。

文之介はわけがわからず、お春が泣きやむのを待つしかなかった。

二

ここ数日、来ていなかっただけだが、丈右衛門は妙になつかしく感じた。

うしろで勇七が建物を見あげている。珍しいものでも見るような目だ。

「勇七ははじめてか」

「いえ、なかに入ったことはありませんけど、この前、旦那と一緒に来ました」

勇七が、あたりをはばかるように声をひそめる。

「死人が出たときです。話をきいた旦那がびっくりして、飛んできたんですよ」

「そうだったか」

丈右衛門は目の前の建物を見つめた。

生気がない。人の気配はしているが、ひっそりとしてまるで空き家だ。

天ぷらの名店であるころも屋が、店を再開する目途《めど》はまったく立っていない。ここの天ぷらが大好きな丈右衛門には、寂しいことこの上ない。

心でため息をついてから、横に眼差しを移した。

「ああ、来たみたいですね」

勇七が手で庇《ひさし》をつくっていった。

「うむ」

うなずいて丈右衛門は、小走りに駆けてくる人影が近づくのを待った。

「ああ、すみません。お待たせしました」

人影が間近まで来て立ちどまり、腰を深々と折った。

「いや、そんなことをしなくてもいい」

丈右衛門は笑いかけた。

「萩造、そんなに急いでくることはなかったのに」

老岡っ引の萩造が目をむく。

「冗談いっちゃあいけません。御牧の旦那を待たせるような真似が、あっしにできるわけありませんや」

「御牧の旦那などと呼ぶな。わしはもう隠居だぞ」

「ご隠居だろうと、その名をきけば世の悪人どもが黙りこむお方ですよ。あっしのなかでは、ずっと御牧の旦那です」

いい張られて、丈右衛門は苦笑するしかなかった。

「萩造、入るか」

ころも屋を指し示す。

「ええ、もう話は通じていますから」

萩造が先に立って、裏手にまわる。戸の前に立ち、訪《おとな》いを入れた。

しばらく間があき、小さな声で、親分ですかい、となかからきいてきた。あるじの徳兵衛だ。

「そうだ。御牧の旦那もご一緒だ。あとは勇七さんという、若い人も」

「勇七さんというのはどなたですか」

何者か、萩造が説明する。

「さようですか。御番所《ごばんしょ》の中間さん」

戸が静かにあいた。

「お入りください」

徳兵衛が丈右衛門たちにていねいに挨拶してから、招き入れる仕草をした。

「すまねえな」

萩造がいって、丈右衛門と勇七を先に入れた。

三人がなかに入ると、徳兵衛が急いで戸を閉めた。

なかは重い空気が覆っている。いくら責任がなかったのが明らかになったといっても、店の者はそうは考えないものだ。

やはり再開はないのだろう。

徳兵衛が丈右衛門たちを座敷に導く。

「今、お茶をお持ちします」

座敷に腰をおろした三人にいう。

「いや、気をつかわんでもいいぜ」

萩造がいったが、すぐにいい直した。

「いや、やっぱりくんな。喉が渇いてならねえや」

ほっとしたように徳兵衛が座敷を去ってゆく。

「ふう、危ねえ」

萩造が首筋に浮いた汗を手でふく。

「まったくあっしは馬鹿だ。あんなことといったら、毒が怖いっていってるみたいなものですものね」

丈右衛門は軽くうなずいてみせた。あの様子なら、徳兵衛はもう死ぬことなど考えていまい、と思った。

これについては一安心だ。あとは店をひらく気になるかだが、やはりこれは望み薄だろうか。

自分でも何度もしつこいと思うが、この店の天ぷらを食えなくなるのは、あまりに寂しいのだ。

ここほどうまい店はそうないからな。

気を取り直すように丈右衛門は咳払いし、横に座っている老岡っ引を見た。

「萩造、どうだ、調べは進んでいるのか」

萩造が苦い顔で首を振る。

「駄目ですねえ。御牧の旦那からいただいた人相書を持って、いろいろなところをまわっているんですけど、嘉三郎の野郎、まったく引っかかってこねえんですよ」

萩造が丈右衛門を見る。

「御牧の旦那のほうは、いかがですかい」

丈右衛門は、昨日得たことを語った。

「さいですかい。おきりという女のことを調べたんですか」

「収穫があったとは、いいがたいな」

「なるほど」

萩造が嘆息する。

「嘉三郎って野郎は、まったく人を疲れさせる野郎ですねえ」

萩造の言葉には実感がこもっており、丈右衛門は笑いをこぼしそうになった。

しかし、とすぐに思った。萩造のいう通りだ。嘉三郎という男は、人の神経をひどくささくれ立たせる。

はやくつかまえなければ、と思えば思うほど、遠くに行ってしまうような感じだ。まるで逃げ水だ。

だからといって、待ち構えるという形は今のところ取り得ない。やつの動きがまったく読めないからだ。

廊下をやってくる足音がした。

「ああ、来たようですね」

足音が二つしている。

徳兵衛が湯飲みを丈右衛門たちに配る。

「どうぞ、召しあがりください。毒など入っておりませんから」

「そんなことは、よくわかってるよ」

萩造が手に取った湯飲みを傾ける。

「ふむ、うめえや。こいつは店にだしているのと同じだな」

「ええ、そうです。客人でもないと、おだしできませんから」

「そうかい」

萩造がうつむく。

丈右衛門は徳兵衛の隣に控えるように正座している男に、目を当てた。

「こちらが奥ノ助《おくのすけ》さんか」

徳兵衛にたずねた。

「ああ、はい、さようです」

徳兵衛が紹介する。

「この男が、店にいらっしゃるお客さまへの配膳をしている者にございます」

ころも屋は店の信条か、女中は置いていないのだ。

「配膳の責任をすべて負う者ですから、これまで店に来てくださったお客のすべてのお顔を覚えているといっても、過言ではございません」

徳兵衛がいいきる。天ぷらを揚げるときの自信あふれる顔に、重なるものがあった。

これなら店はまたひらくかもしれんな、と丈右衛門は期待を持った。

「そうか」

丈右衛門は懐から嘉三郎と捨蔵の人相書を取りだし、奥ノ助に手渡した。

「どうだ、見覚えがあるか」

奥ノ助は身動き一つせず、凝視している。

この男のことはむろん、丈右衛門は見知っている。さすがにやつれたようなのは、自分のだした天ぷらで客が次々に倒れてゆくのを目の当たりにして、寝こんでしまったからだ。

それが昨日になってようやくよくなり、話をきける状態になったのだ。

「はい、二人とも来たことがあります」

断言した。

嘉三郎も捨蔵もこの店を知っていた。名店だけに天ぷら好きでなくても、江戸っ子ならこの店を知らないほうがおかしいのだが、二人とも足を運んでいたというのは、丈右衛門にはうなずけるものがあった。

たまたま、この店が選ばれたわけではなかった。嘉三郎はこの店を標的にすることで、世間への影響を考えたにちがいない。

これで丈右衛門には十分だった。切りあげることにした。

「徳兵衛」

座敷を去ろうとして、丈右衛門はころも屋の主人の名を呼んだ。また前のように天ぷらを揚げてくれぬか、といおうとしてやめた。今なにをいったところで、徳兵衛は翻意しないだろう。

丈右衛門は徳兵衛の肩を叩いた。

「元気でいてくれ」

徳兵衛はがっしりとした体つきだが、さすがに肉が落ちているようだ。

丈右衛門はやや細くなった肩に置いている手の力を少し強め、握るようにした。

「わしの願いはそれだけだ」

「はい、ありがとう存じます」

徳兵衛の目は心なしか、潤んでいるように見えた。

ころも屋をあとにした丈右衛門たちは、次に市ノ瀬屋に向かった。

市ノ瀬屋はすでに潰れてないが、一度、見ておきたいと丈右衛門は思ったのだ。

萩造が連れてきてくれた。そこは深川元町だった。

目の前に河岸があり、その向こうを流れる川には多くの船が行きかっている。ぶつからないのが不思議なほどだが、やはり江戸の船頭は腕がいいのだ。

「ここか」

「ええ」

空き家だ。なまじ建物が大きいだけに、空虚さが目立ち、建物が吐きだすため息がきこえるような気さえする。

萩造によれば、奉公人たちはほとんどが四散したという。

縁起の悪い屋敷だけに、次の借り手も見つからないとのことだ。

「御牧の旦那、一人だけ、市ノ瀬屋に奉公していた男を見つけたんですが、お会いになりますかい」

「是非会いたいな」

萩造が満足そうな笑みを見せる。

「そうおっしゃると思って、そこの飯屋で待ってもらっているんですよ」

萩造が案内したのは、深川常盤町《ときわちょう》三丁目にある料亭ふうのつくりの店だ。

府内八十八ヶ所の第四十六番目の札所である弥勒寺《みろく》という寺が近くにあり、そのおかげか、店はかなり盛っている様子だった。

丈右衛門と勇七は二階に連れていかれた。

こぎれいな座敷がいくつか並んでおり、右手の一番奥の襖が、案内の女中の手によってひらかれた。

女中が大気をつんざくような、鋭い悲鳴をあげた。

あわてて萩造が首を突っこむ。あっ、といったきり言葉をなくした。

「どうしたい」

なにが起きたのか、察した丈右衛門は慎重に座敷に足を踏み入れた。勇七が続く。さすがに落ち着いている。

「やられたな」

丈右衛門は萩造に声をかけた。

「ええ」

萩造は顔を紅潮させ、唇をきつく嚙み締めている。今にも血が滴《したた》りそうだ。

「明二郎《めいじろう》さん……」

萩造がなんとか呼びかけたが、畳に横たわった男はすでにこと切れている。胸を刃物で一突きにされたようだ。

傷口からおびただしい血が流れ出ており、座敷はどす黒さにひたされつつある。生ぐささと金気《かなけ》くささが入りまじっていた。

「誰の仕業ですかい」

問いかけてきたものの、萩造はすでにわかっている顔だ。

「嘉三郎ですね」

「だろうな」

丈右衛門は勇七を振り向いた。拳《こぶし》をかためて勇七は、許せぬという顔をしている。

「勇七、自身番に走ってくれ」

「承知しました」

勇七が出ていった。

「しかしどうしてこんな真似をしたんでしょうか」

萩造に問われて、丈右衛門は腕組みをした。

「ふつうに考えれば、この明二郎という男が嘉三郎にとって都合の悪いなにかを握っていたということになるのだろうが……」

丈右衛門は萩造を見た。

「この男は市ノ瀬屋では、なにをしていたんだ」

「手代でした。外まわりの者です。武家を担当していたとききました」

嘉三郎は武家の出なのかと一瞬、丈右衛門は思ったが、そんなことがあるはずがない。やつが捨て子であるのは紛れもない。

仮に捨て子でなく、おきりの子だったとしても、川越近くの百姓のせがれでしかない。

「萩造、この明二郎という男は、なにか話したがっていたことがあったのか」

萩造がかぶりを振る。

「いえ、そのようなことは。ただ、店のことを話してほしい、とこちらから頼みました。少し迷惑がっていました」

丈右衛門は顎をなでた。

「手がかりになることをなに一つ持っていそうもない、武家まわりの手代を、殺していったいなんの意味があるのか」

顔をゆがめる。

「なんの意味もないのか」

丈右衛門は再び萩造に目を当てた。

「萩造、ここ最近、誰かに見られているような感じはなかったか」

萩造が考えこむ。

「いえ、気づきませんでしたけど」

「そうか」

だが、萩造はきっと見張られていたのだろう。明二郎と会っているところを嘉三郎に見られたのは、紛れもあるまい。

きっと、と丈右衛門は思った。明二郎はただ殺されたにすぎないのではないか。

またも、このわしに対する当てつけだろう。

ただの当てつけのために、嘉三郎は明二郎という男の若い命を散らせたのではないか。


殺《や》ったぞ。

嘉三郎は急ぎ足で歩いている。

これで丈右衛門は、また混乱するにちがいない。

それとも、と思った。死骸《しがい》を目の当たりにして、どうして市ノ瀬屋の手代だった男が殺されたか、解しただろうか。

そのくらいの頭はやつにもある。だからこそ、名同心といわれたのだろう。

本当は動くつもりなどなかった。だが、ここ最近、萩造という年老いた岡っ引が動きまわっているのが気になり、少し探ってみたのだ。

それで、丈右衛門にあの明二郎という男を会わせる手はずをとったことを知り、どうしても殺したくなってしまった。

丈右衛門はきっと、またも自分のために犠牲が出たことを知り、思い悩むことだろう。

ざまあみろ。

嘉三郎は目の前の丈右衛門の面影をあざけった。

どうだ、自分のために人死にが次々に出る気分は。

死にたくなるのではないか。

ええ、ちがうか。御牧丈右衛門。

三

ああ、うどんが食いてえなあ。

文之介は強烈に思った。

こうして目を閉じると、まぶたの裏に浮かぶのは、あの名もないうどん屋のうどんだ。腰があって、甘みがあって、喉越しがなめらかで、だしがよくきいていて、生姜《しょうが》の味がしっかりしていて。

食いてえよお。

すぐにでも起きて、あのうどん屋に行きたい。行きたくてならない。

お春からきいたが、勇七は丈右衛門と一緒に働いているそうだ。あいつはきっとあのうどん屋に一緒に行ったにちがいない。

許せん野郎だ。この俺をほっといて、親父と行っちまうだなんて。

それにしても、と文之介は腹に手を当てて思った。腹が減ったなあ。

ずっとなにも食べていないような気がする。

実際にはさっき、お春がお粥《かゆ》を持ってきてくれた。

うまいお粥で、特に梅干しとの相性はすばらしかった。鰹節《かつおぶし》もよくきいていた。

だから腹は空いているはずがないのだが、今、文之介はあのうどんが食べたくてならない。

だって、とんでもなくうめえんだもの。

それに、貫太郎《かんたろう》やおえんに会いたい。話をしたい。

もともと貫太郎は腕のいい子供掏摸《すり》だったが、文之介が職を賭《と》して説得に当たった結果、掏摸から足を洗い、名もないうどん屋に奉公することが決まったのだ。

あのいまだに名を知らない親父も、考えてみればいったい何者なのか。

しかし、謎のままでもいい、という気に文之介は最近なっている。

そういうのもまた楽しいではないか。なんでもかんでも謎が明かされるというのはおもしろみに欠ける。

また眠気が襲ってきた。

お春からなにが起きたか教えてもらったが、こうして眠くなるのは、毒がまだ体のなかに残っているせいだろう。

うどんが食いたいのも毒のせいか。

そんなことがあるはずがない。体が毒に打ち勝ちつつある証拠だ。

どうだ、嘉三郎。

文之介は心で呼びかけた。

俺はきさまの毒に勝ったぞ。きさまなどに負けるわけがないんだ。

でもお春が帰ってこない。粥の器を下げて、それきりだ。

なにをしているんだろう。

文之介は顔が見たくてならない。赤子のように泣き叫べば、来てくれるだろうか。

そんなことを考えていたら、眠気が耐えがたいものになった。

文之介はこらえきれず、目を閉じた。

あっという間に眠りの川に運ばれ、一気に熟睡の大海に出た。

次に目が覚めたとき、そばに人の気配がしていた。

いい香りがしている。化粧などではなく、娘が体から発する自然のにおいだ。

お春だな。

文之介は直感し、そちらに眼差しを転じた。

やはりお春がいた。正座し、書を読んでいるようだ。

「なにを読んでいるんだ」

お春がはっとする。

「ごめんなさい」

「なにを謝る」

「だって、起こしちゃったんでしょ」

「そんなことはないさ」

文之介は上体を起こそうとした。

「大丈夫なの」

お春が背中にまわる。

「大丈夫さ。起こしてくれるかい」

お春が力をこめたのがわかった。文之介は無事、上体を起こせた。

「ああ、気持ちいい」

「本当に。どこも痛くないの」

「うん、痛くない」

「いつもの強がりじゃないの」

文之介はお春を見た。

「俺って、いつも強がり、いっているかな」

お春が、ふふと笑う。

「ええ」

お春が立ちあがった。

「どこに行くんだ」

「夕餉の支度よ」

「えっ、もうそんな刻限か」

「ええ。もうじきおじさまも戻られるでしょうね」

「そうか。探索は進んでいるのかな」

「気になるのね」

文之介は強く顎を引いた。そうしても、もう痛みはない。

「そりゃそうさ。俺は町廻りだし、嘉三郎というのは野放しにしておけない危険な男だからな」

「そうよね」

お春が宙を見据える。そこに嘉三郎の顔を思い描いているような目だ。

よほどやつが憎いのだろうな、と文之介は思った。

お春がすべてを話してくれたから、藤蔵が今、どうしているかも知っている。牢につながれているのは藤蔵だけで、奉行所に連れていかれた他の奉公人たちは無事に帰されたという。

藤蔵には悪いが、不幸中の幸いといっていいのではないか。

「じゃあ、台所に行くわね」

部屋を出てゆこうとするお春に、文之介は手をのばした。

お春の腕を取る。お春が体をかたくする。

「もう少しいてくれないか」

お春が少しのあいだ黙った。

「いいわ」

座り直す。じっと文之介を見る。

瞳が潤んでいる。

文之介は思いきって抱き締めた。お春はあらがわない。

逆に文之介の胸に顔をうずめてきた。

やったあ。

文之介は心のなかで小躍《こおど》りしたが、態度は平静を保った。

下帯のなかで下腹もおとなしくしている。もっとも、これについては少し心配だ。毒にやられてしまったのではないか。

文之介は口を吸おうと、お春の顎を持ちあげかけた。

そのとき廊下を渡る足音がしてきた。足音は二つか。いや、三つだ。

お春が静かに文之介から離れる。文之介としては残念この上なかったが、致し方ない。次の機会を待つしかなかった。

すでに外は夕闇に包まれはじめているようで、障子に映る影は薄い。

「文之介さん、お春ちゃん、入るわよ」

お知佳が声をかけてきた。お知佳は気をきかせているのか、文之介たちを二人きりにしてくれている。

もっとも、今の文之介の体の状態では、二人のあいだに過ちなど起きるはずがないと見越してもいるのだろう。

「寿庵先生が見えたわ」

「入ってもらってください」

文之介がいうと、失礼するよ、と寿庵が足を踏み入れてきた。うしろに助手が続く。

「よかったなあ、文之介」

寿庵が顔をほころばせる。

「本当に目が覚めたんだな」

「おかげさまで」

「よかった、よかった」

寿庵がお知佳に目を移す。

「丈右衛門さんは知っているのかな」

「いえ、まだです。今、出ているものですから」

「探索か」

「はい」

「ふむ、せがれがひどい目に遭わされて、我慢できなくなったのだろうが、それにしても相変わらず若いな。うらやましい」

寿庵がにっこりとする。

「しかし丈右衛門さん、文之介のことを知ったらさぞうれしがろうなあ。その喜びようをわしも見たいものだぞ」

「でしたら、夕餉をご一緒にいかがです」

「よいのか」

「もちろんです。主人もきっと喜びましょう」

「なら、お言葉に甘えさせてもらおうかな」

助手も一緒にということになった。

お春がお知佳とともに台所に去ってゆく。文之介は甘酸っぱいような思いを胸に、お春を見送った。

「どれ、文之介、目を見せてくれ」

寿庵がいって指で文之介の目を広げ、じっと見た。

「わしは眼科をもっぱらにしてはおらぬが、これなら大丈夫だろう。今度、腕のいい目医者を連れてこようと思うが、その要もないのかもしれん」

「さようですか」

「うん」

寿庵が文之介の着物をくつろげ、診はじめた。脈を取ったり、背中を軽く叩いたり、肌の色を見たりしていたが、やがて文之介に着物を着るようにいった。

「うむ、体のほうは大丈夫じゃな。完全に毒に打ち勝ったようだ」

そのことが文之介はうれしく、またどこか誇らしくもあった。

「また目薬を置いてゆこう。文之介、これでお春ちゃんに目を洗ってもらうんだぞ」

「はい、承知しました」

寿庵が薬を手渡してきた。文之介はうやうやしく受け取った。

台所のほうから、お吸い物をつくっているのか、だしのにおいがしてきた。

「しかし文之介、我慢できんの」

寿庵がうなるような声をだし、たっぷりと肉のついた腹をなでさする。

「ええ、本当ですね」

玄関のほうで物音がした。

寿庵が首をのばす。

「おっ、丈右衛門さんかな」

お知佳が出ていったようで、かすかにやりとりがきこえる。寿庵のいう通りで、確かに丈右衛門のようだ。

大きな音を立てて、足音が近づいてきた。どうやら三つだ。

「文之介」

声がかかり、障子があく。顔をのぞかせたのは丈右衛門だ。

部屋に入り、あぐらをかく。

「おう、まことに目を覚ましているではないか。先生、ありがとう」

寿庵に向かって深々と頭を下げる。

どれだけ丈右衛門が心配してくれていたか、仕草にはっきりと出ていた。文之介は胸が熱くなった。

「旦那」

声がしたほうを見ると、敷居際に勇七が立っていた。

「勇七……」

「ああ、文之介を見舞いたいっていうんで、連れてきたんだ」

丈右衛門が説明する。

「ついでに、夕飯も食っていけばいいだろうし」

しかし、文之介には丈右衛門の言葉はろくに耳に入っていなかった。

「旦那っ」

勇七が走り寄る。

「勇七っ」

文之介は抱きとめた。

勇七がさっきのお春のように、胸に顔をうずめる。

「旦那ぁ、心配しましたよ」

「すまなかったな」

文之介は赤子をあやすように、背中をなでさすった。

「よかった、よかったよお」

勇七が身をよじって叫ぶ。

あたたかいものが、文之介の胸を濡らす。勇七は、母親にめぐり会えた子供のように、ひたすら泣いている。

熱いものが心のうちを走り、文之介も大粒の涙をこぼしはじめていた。

「勇七、勇七」

名を続けざまに呼ぶことしか、できなかった。

生きていてよかった、と文之介は心の底から思った。こうして勇七の顔をまた見ることができたのだから。

四

行灯《あんどん》のなかの油皿が、虫が鳴くような音をだし、黒い煙を放った。

静かに身を起こした丈右衛門は吹き消そうとして、顔を横に向けた。

隣でお勢が眠っている。

その向こうにお知佳がいる。穏やかな寝息を立てていた。

しばらく二人の顔を交互に眺めた。

本当に一緒になったんだなあ。

丈右衛門は幸せを嚙み締めた。文之介も回復した。いとしい妻と子がそばにいる。これ以上のことはない。

だが、嘉三郎という男は、この幸せをたやすくぶちこわすだけの力を秘めている。必ずつかまえなければならない。

「どうされました」

いつからかお知佳が目をあけ、見つめていた。

「嘉三郎のことを考えていた」

「そうではないかと思いました。ちょっと怖い顔をされていたので」

丈右衛門は顔をなでた。

「そうかな」

笑みを浮かべてお知佳を見る。

「これでどうだ」

「だいぶやさしい顔になられました」

「そうか」

お知佳が行灯の灯をはね返すような、きらきらとした目で見ている。

「文之介さん、よかったですね」

「ああ、よかった」

勇七と抱き合う姿を見て、丈右衛門は涙が出そうになった。

父親として文之介に泣く姿を見せたくはなく、なんとかこらえたものの、そんな真似はしなくてよかったかな、と今は思っている。

文之介がきっと喜んだだろうから、妙な意地を張ることなどなかったのだ。

お知佳がじっと見ている。

「おいで」

丈右衛門はいざなった。

恥じらいを見せたあと、お勢の寝顔を確かめたお知佳が静かに横にやってきた。

丈右衛門は抱き寄せた。お知佳がしがみつき、足を絡めてくる。

我慢がきかなくなり、丈右衛門はお知佳の着物をはだけた。

「よく来てくれたな」

重い音を立てて座りこんだ桑木又兵衛がいった。

「いや、おまえさんの呼びだしとあれば、わしに否やはない」

「その言葉はうれしいのう」

又兵衛が見つめてきた。

「しかしおまえさん、若いのう。肌などつやつやではないか」

身を乗りだしてきた。

「ふむ、若い嫁さんとはうまくいっているようだな」

昨夜のことを見抜かれたような気がして、丈右衛門は赤面しかけた。

「おやおや」

又兵衛があきれたような声をだす。

「馬鹿を申すな」

「本当に仲むつまじいのだな」

「なにを怒っておる。おまえさんにしては珍しい。うろたえることがあるのだな」

「うれしいことがあったゆえだ」

「うれしいことだと。なんだ、それは」

「もっとはやく知らせたかったんだが」

「できたのか」

丈右衛門は笑顔で首を振った。

「ちがう」

丈右衛門は伝えた。

「まことか」

喜色をあらわに、又兵衛が腰を浮かせる。

「よかったなあ」

尻《しり》を畳に落とす。

「どうせなら昨夜のうちに伝えてほしかったな。そうすれば、文之介の顔を見られたものを」

「すまん。同じ組屋敷内に住んでいることを、つい忘れていた」

「いいさ」

又兵衛が軽く手を振った。

「それだけおまえさんの喜びが大きかったということなんだろう。泣いたのか」

「馬鹿を申すな」

「そうか、泣いたのか」

「泣いてなどおらぬ」

「ま、そういうことにしておこう」

これまで又兵衛にやりこめられたままにしておいたことはないが、今日はいいか、という気に丈右衛門はなっている。

今日、呼んでくれたのは、かなりの力をつかわせたのがわかっているからだ。

丈右衛門は、目の前の与力をあらためて凝視した。

「ふむ、どうして呼びだされたか、わかっているような顔だな」

「藤蔵だな。会わせてもらえるのだな」

又兵衛が鋭い目で見返してきた。

「ときはあまりないぞ。せいぜい四半刻だ」

「十分だ。今からか」

「そうだ。よし、行こう」

又兵衛が立ち、襖をあけた。丈右衛門はうしろについた。

又兵衛は奉行所内の廊下を悠々と歩いてゆく。丈右衛門も見習った。

連れてこられたのは穿鑿《せんさく》部屋だ。

「ここだ。といっても、おぬしもよく知っている場所だな」

又兵衛が板戸をあける。

なかは板敷きの間だ。誰もいない。

「入って待っててくれ。今、連れてくるゆえ」

「よろしく頼む」

丈右衛門は板戸に腰をおろした。又兵衛がうなずいてみせてから板戸を閉める。

しばらく廊下を歩き去る足音がきこえていたが、やがてそれも途絶えた。

火鉢などない部屋で、底冷えがしている。

寒いな。

丈右衛門は手で肩を抱いた。そんなことでは寒さをしのげるはずもない。

昨夜のお知佳の肢体を思い浮かべた。

きれいだったな。

それだけで下腹がうずく。体があったまってきた。

丈右衛門は一人、苦笑した。

本当に若いではないか。

「待たせた」

又兵衛が戻ってきた。

「入れ」

ことさら厳しい声をだす。

「失礼いたします」

藤蔵が頭を縮めるように入ってきた。髪もひげものび、顔はやつれている。やせてもきているが、目をみはるほど人が変わったわけではない。

失礼いたします、といって背中を丸めて正座する。

声にも張りが感じられる。

まずはよかった。

丈右衛門は胸をなでおろした。

これはきっと、生きてやろうという気力があるからにちがいない。

このことは、帰ったらすぐにお春たちに知らせてやらなければ。きっと喜ぶにちがいない。

だが、この藤蔵を支えている気持ちも、いつ音を立てて折れてしまうかわからない。

だから、一刻もはやく助けださなければならない。

藤蔵の斜めうしろに、又兵衛が腰をおろした。

藤蔵は穿鑿部屋には何度か連れてこられているのか、はじめてという風情ではない。下を向き、床板の節を見つめている。

目の前にいるのが、丈右衛門であると気づいていない。

「藤蔵」

丈右衛門は声を発した。

藤蔵がぼんやりと顔をあげる。

丈右衛門はもう一度、名を呼んだ。

藤蔵が一瞬、見まちがいかという表情をした。あっ、と口が小さく動く。

「やっと面会がかなった。こちらの桑木さまのご尽力だ」

藤蔵が床板に額をこすりつけるように、頭を下げる。

又兵衛が小さく笑みを見せる。

「いいんだ。わしはなにもしとらん」

藤蔵、と丈右衛門はいった。

「ときがない。わしの問いに答えてくれ」

丈右衛門は、どういう経緯で吉加屋との取引がはじまったかをまずきいた。

「もう一月近く前になりますか、いきなり吉加屋の支配役と番頭が店に姿を見せたのでございます」

それから二人はさらに二度、やってきた。三度目で見本の味噌を持ってきた。すばらしい味噌で、これなら店の看板商品になると確信して、藤蔵は取引をはじめることを決意した。

「二人が上方の出といっていたのは、まちがいないのだな」

「はい、京だと申していました」

「しかし、上方の言葉はほとんどつかわなかったのだな」

「はい。ですので、妙な感じの江戸言葉をつかっていました」

おそらく、それはそれと見せかけるための芝居にすぎないのかもしれない。もともと二人は上方の者ではないのではないか。

だが、上方の者は江戸では決して珍しくない。江戸にある大店の多くは上方からの出店で、ほとんどすべての奉公人は上方の者で占められている。

そういう者は隠居後の故郷での暮らしを夢見るというが、すべての者の夢がかなうわけではない。店をやめて、行方をくらます者も少なくない。

嘉三郎が上方の者を雇う気になれば、さほどむずかしいものではあるまい。

「藤蔵、吉加屋の二人の顔形、姿を覚えているか」

「はい、会った人の顔は、決して忘れぬようにしておりますから」

「いい心がけだな」

丈右衛門は矢立《やたて》を取りだした。

「人相書を描く。目が大きいだとか、口が曲がっていただとか、顔の特徴をきいてゆく

から、藤蔵、答えてくれ」

「承知いたしました」

丈右衛門は人相書の経験はない。ただし、絵はそんなに苦手ではない。文之介はまっ

たく駄目だ。

いろいろしっかりときいていった。半端《はんぱ》なものにはしたくなかった。

しかし二人分ということもあって、かなりときがかかり、又兵衛が外をうかがう目で

少し気がかりそうにした。

「よし、できた。悪くない出来だろう」

又兵衛にも見せた。

「ほう、二人とも役者のような顔だな」

それは丈右衛門も感じていた。

二人ともさほどいい男と思える顔つきではないが、つるりとした顔の感じが役者を思わせるところがある。

「おぬしのいう通りかもしれんぞ」

丈右衛門は藤蔵に目を転じた。

「いいか、必ず助けだす。わしを信じて待っていてくれ」

「はい、ありがとうございます」

藤蔵が深く辞儀する。

丈右衛門は外に出た。藤蔵のことをよくよく頼んでから、又兵衛とわかれた。

奉行所をあとにして、急ぎ足で歩いた。

南本所石原町《いしわらちょう》にやってきた。

一軒の大きな家が見えてきた。枝折戸《しおりど》の前に人相の悪い男が二人、立っている。

「ご苦労だな」

丈右衛門は声をかけた。

「あっ、これは御牧のご隠居」

二人とも背筋をのばしてから、腰を折り曲げた。

「親分ですかい」

「うむ、会わせてくれ」

すぐに丈右衛門は座敷に招じ入れられた。

親分が座敷に姿を見せる。脂ぎった顔は小さい頃からまったく変わらない。丸めた頭に愛嬌《あいきよう》が感じられる。

「御牧の旦那、よくいらしてくれました」

「おう、紺之助《こんのすけ》。元気そうだな」

「おかげさまで。御牧の旦那は、相変わらずお顔の色がよろしゅうございますね。うらやましいですよ」

「おまえだって、いい顔色ではないか」

「いえ、あっしは脂を塗りたくっているようなものですから、そう見えるのが当たり前なんですよ」

紺之助が表情を引き締める。

「ご用件は。いろいろと噂をおききしましたよ。文之介さんもたいへんだったみたいですね。お見舞いにも行かず、ご無礼いたしました」

「いや、いいさ。おぬしなりに気をつかったのだからな」

八丁堀の屋敷を、二十人からの子分を飼うやくざの親分が訪問しては体面が悪かろう、と考えたにちがいないのだ。

そんなことなど丈右衛門は気にもとめないが、心遣いがありがたくないはずがない。

紺之助に、文之介が目を覚ましたことを伝えた。

「それはようございました」

心から喜んでくれている。

丈右衛門の胸は灯が灯ったようにあたたかくなった。

「用件はこいつらだ」

懐から二枚の人相書を取りだす。

「誰ですかい」

丈右衛門は説明した。

「紺之助、子分に一人くらい絵が達者なのがいるだろう。その男に同じものを描かせてくれ」

「承知いたしました」

すぐに若い男が呼ばれた。絵筆を持つ姿勢に手慣れたものを丈右衛門は感じ、男にきいてみた。

絵師を目指したこともあるのだという。

男はさほどときをかけることなく、二枚の人相書を描きあげた。

「いい出来だ」

丈右衛門の描いたものより、人としての表情がよく出ている。

「こちらをもらっていいか」

丈右衛門は紺之助に頼んだ。

「もちろんです。お持ちください。また別のを描かせますよ」

「すまんな。すまなついでに頼むんだが、同じものをもう一枚ずつ、描いてくれぬか」

「お安いご用です」

若い男がいい、なめらかな筆さばきで描きはじめる。

先ほどよりはやく描き終えた。

「これでよろしいですか」

男が新たに二枚の絵を差しだしてくる。

「ありがとう」

「よし、おまえはもういいよ。ご苦労だった」

紺之助が男に駄賃《だちん》をやり、下がらせた。丈右衛門を見つめる。

「御牧の旦那、この二人を捜しだせばよろしいんですね」

「そうだ。頼めるか」

「お安いご用です。あっしは御牧の旦那に頼まれごとをされると、元気が出るんですよ」

「ありがたいたちだな」

丈右衛門は笑みを見せた。

「紺之助、この二人は役者崩れかもしれん」

「さようですかい。でしたら、意外にはやく見つかるかもしれませんよ」

「よろしく頼む」

丈右衛門は立った。紺之助が忠実な犬のように見あげている。

「紺之助、今度、八丁堀に遊びに来てくれ。遠慮はいらんぞ」

紺之助の顔が、明るい陽射しを浴びたように輝いた。

五

その後、勇七をともなって丈右衛門は本所に足を運び、萩造に会った。

吉加屋のあるじと番頭をつとめた二人の人相書を手渡す。

「こいつらが三増屋を陥れたんですかい」

人相書をまじまじと見て、萩造が声を漏らす。

「嘉三郎の命じた通りに動いたにすぎんのだろうが、つかまえればなにか手がかりは得られよう」

「わかりました」

萩造がきっぱりという。

「手下の尻を引っぱたいて、徹底して捜しださせますよ」

「頼む」

丈右衛門はその足で、八丁堀の屋敷に戻った。勇七とともに文之介の部屋に行く。

「お春、栄一郎」

丈右衛門は呼び寄せ、奉行所での藤蔵の様子を二人に語ってきかせた。寝床に横たわったまま、文之介もじっと耳を傾けている。

「とても元気だったぞ。きっとすぐにだしてやるから、安心していい」

丈右衛門が真摯にいうと、栄一郎は涙ぐんだ。お春は、ありがとうございます、と頭を下げた。

そこに来客があった。

「どなたかな」

文之介の部屋に知らせに来たお知佳に、丈右衛門はきいた。

「大島屋さんの使いとおっしゃっています」

大島屋か、と丈右衛門は思った。毒について、なにかわかったのだろうか。

「文之介、行ってくる。なにかわかったら、必ず教えるゆえ、今は養生に精だしてくれ。お春、文之介のことをよろしく頼む」

「承知いたしました」

丈右衛門は栄一郎の頭を幼子にするようになでてから、勇七をうながして部屋を出た。

「大島屋さんというと、薬種問屋でしたね」

廊下を歩きつつ、勇七がいう。

「そうだ」

丈右衛門は勇七を振り向いた。

「あるじの名をおぼえているか」

試されたことを知って、勇七がにやりと笑う。

「省兵衛さんです」

「場所は」

「日本橋の三十間堀町二丁目です」

「いいぞ、勇七。さすがだ」

丈右衛門にほめられて、勇七が照れたような顔になった。

省兵衛の使いは若い奉公人だった。一緒に店に来ていただけませんか、といった。

丈右衛門に否やがあるはずもなかった。

店にはすぐに着いた。

薬種、と大きく記された看板を見て、丈右衛門は、使いが持ちあげた暖簾をくぐった。

勇七が続く。

座敷では、すでに省兵衛が待っていた。

「御牧さま、わざわざご足労いただき、申しわけなく存じます」

省兵衛が頭を下げる。

「かまわんよ。八十の年寄りを歩かせるわけにはいくまい」

丈右衛門は省兵衛の正面に腰をおろした。勇七が控えめに正座する。

「例の毒のことか」

「はい」

省兵衛が重々しくうなずく。

「どうやら、三増屋さんや市ノ瀬屋さんにつかわれた毒は、南蛮渡りのもののようでございますね」

「南蛮か」

「はい。味もにおいもないということから、阿蘭陀《オランダ》のものではないかと思います。おそらくは、肝神丸《かんしんがん》でございましょう」

「阿蘭陀のものというと、長崎《ながさき》か」

「はい、長崎の出島《でじま》からでございましょう」

「すれば、よほど高価なのではないか」

「それはもう」

省兵衛が値を告げた。

丈右衛門は驚愕《きょうがく》した。勇七は尻《しり》をあげかけた。

「一袋で二十両か」

「はい」

「省兵衛、それはただの毒なのか」

さすがに丈右衛門は不審を覚えた。毒がそんなに高価なのか。

「いえ、そういうわけではございません。肝の臓の病に、著しい効き目がある薬にございます」

肝の臓か、と丈右衛門は思った。嘉三郎や捨蔵を育てたおきりが、肝の臓の病で死んでいる。

そのための薬だったのか。これだけ高価な薬をおきりのために買ったというのか。

嘉三郎こそがおきりの実の子なのか。とにかく、嘉三郎がおきりのために、肝神丸を手に入れたのはまずまちがいあるまい。

「薬として効き目がすばらしいというのは、毒としたら、すごい強さを持つということです。ですので、処方するには、この薬のことをよく心得た者がより慎重を期さねばなりません」

嘉三郎にそれだけの心得があったのか。わからない。それはこれから調べる必要があるだろう。

ただし、医者の導弦もいっていたが、すでに手の施しようがないほどおきりの病は進んでしまっていた。だから肝神丸ほどの薬を用いていても、おきりは助からなかったのだろう。

「省兵衛、肝神丸はどこでもたやすく入手できる薬なのか」

「とんでもない」

省兵衛がゆったりと手を振る。若く見えても、このあたりは年寄りらしい。

「江戸には二軒、扱っている店があるだけです」

その二軒の名と場所をきく。丈右衛門は勇七を連れて、大島屋を出た。

「それにしてもご隠居」

歩きつつ勇七が声をかけてきた。

「肝神丸みたいな希少な薬、やつはどこで知り得たんでしょうねえ」

「そのことは確かに気になるな。その前に、二軒の薬種問屋だ」

一軒は、浅草《あさくさ》の広小路《ひろこうじ》を北に入った日輪寺《にちりん》の門前町にあった。

店は綿巳屋《わたみや》といい、店構えはこぢんまりとしていた。

一見、肝神丸ほどの薬を扱っているようには見えなかったが、店の質は大きさで決まるものではない。

丈右衛門は、四人の奉公人全員とあるじに嘉三郎の人相書を見せたが、嘉三郎に見覚えを持つ者はいなかった。

綿巳屋をあとにして、大川橋《おおかわばし》とも呼ばれる吾妻橋《あづまばし》を渡り、中之郷竹町《なかのごうたけちょう》に入った。

そのまま足を東に進ませ、本所松倉町《まつくらちょう》にやってきた。

「こちらですね」

勇七が、薬種と記され、建物の横に張りだした看板を見つめていう。

丈右衛門は建物の正面に掲げられた扁額を眺めた。

そこには広鎌屋《ひろかまや》とある。

「よし、入ろう」

丈右衛門は静かに揺れている暖簾を払い、足を踏み入れた。勇七も入ってきた。

暗い土間になっており、薬くささが充満している。

「いらっしゃいませ」

雰囲気とは裏腹に、明るい女の声がかけられる。

「ご入り用ですか」

行灯が灯された座敷で薬を調合していた女が立ちあがり、沓脱ぎの草履を履いて土間におりてきた。

意外に若い。まだ三十には届いていないだろう。

きりっとした身なりで、奉公人という感じはしない。あるじの娘だろうか。

丈右衛門はかぶりを振った。

「薬がほしいわけではない。ちょっとこいつを見てほしいんだ」

嘉三郎の人相書を女に見せた。

「この男が、肝神丸を買いに来たことはないか」

女は人相書を手にし、失礼します、といって行灯のそばに持っていった。

「この人がなにか」

人相書を手にしたままきいてきた。

丈右衛門は、人相書の男が嘉三郎という極悪人であるのを告げた。

「さようでしたか」

女が頭を下げる。

「失礼を申しあげました。はい、確かにうちに来たことがあります。肝神丸を三度、買っています。なんでもおっかさんにのませるんだということで」

やはりそうだったか。

嘉三郎の隠れ家は川向こうという気がしていたから、もし肝神丸を買ったことがあるのなら、こっちの店ではないかという気はしていた。

「でも、私、びっくりしました」

女が丸い目を大きくしていった。

「なにがかな」

「肝神丸をこの店で扱っていることを知っている人がいたことと、肝神丸自体を知っている人がいたことです」

大島屋の省兵衛もいっていたが、やはりそれだけ希少な薬なのだ。

そうか、と丈右衛門は相づちを打った。

「嘉三郎だが、最後にこの店に来たのはいつかな」

女がうなだれるように考えこむ。

「もう四年はたっているものと」

「そうか」

おきりが死んで、肝神丸は必要なくなったということだろう。

丈右衛門は礼をいって、広鎌屋を出ようとした。

「ああ、そうだ。この店の名の由来はなにかな。ずいぶん珍しい名に思えるのだが」

女がうれしそうにうなずく。

「祖父の生まれた村が、広鎌村というところだったそうです」

「広鎌村というのか。どこにあるんだ」

「備後《びんご》国ということです」

「備後か。遠いな」

「はい、私も行ったことはございません」

丈右衛門は女を見た。

「おぬし、この店の娘なのだな」

「はい。でも、正しく申しあげれば、娘でした」

「父親は亡いのか」

「はい、一年前に卒中で亡くなりました。こんな商売をしているのに、自分には一切薬をつかおうとしない人でしたから」

女は眉を落としていない。まだ独り身なのだ。

女が持つ聡明《そうめい》そうな雰囲気に、丈右衛門は好感を持った。

「また薬のことで調べたいことができたら、教えてくれるかな」

女がにっこりと笑う。

「お安いご用です」

女はひろ江《え》と名乗った。

丈右衛門はその名を胸に刻みこんだ。

六

広鎌屋を出た丈右衛門は、なんとなく道を東に向かった。

あたたかな日和で、陽射しも風も気持ちいい。ほっとするものを覚える。

「勇七、そこの茶店に入るか」

丈右衛門は誘った。

「はい」

横川と北割下水《きたわりげすい》が合するすぐそばにある茶店で、饅頭《まんじゆう》と染め抜かれた幟《のぼり》が風にかすかにはためいている。

丈右衛門は、日当たりのいい長床几《ながしようぎ》に腰をおろした。遠慮がちに勇七も尻を預ける。

「勇七、饅頭を食うか」

「ご隠居は」

「むろん」

「でしたらあっしも」

丈右衛門は小女に饅頭と茶を注文した。

すぐに両方とも持ってこられた。

「うまいな」

饅頭をむしゃりとやって、丈右衛門は声をあげた。もともと甘い物には目がないが、この饅頭はいける。そんなに甘くはないが、煮方が上手なのか、餡《あん》にとてもこくがある。だから、茶と実に合った。

横で勇七も満足げだ。

「なあ、勇七」

饅頭を食べ終えた勇七に、声をかけた。

「なんですかい」

「さっき勇七がいっていたが、どうして嘉三郎は、肝神丸などという阿蘭陀渡りの薬があることを知ったのかな。わしも薬のことにはそれなりに詳しいし、寿庵先生はもっと詳しい。省兵衛に至っては薬を生業としている。そういう者がすぐに名の出なかった薬を知っているというのは、どういうことだ」

「必死におきりさんのために、いい薬を調べたんでしょうね」

「どこでかな」

「そうですね。やはりおきりさんが住んでいたあたりということになりましょうか」

「よし、行こう」

丈右衛門は小女に代を支払った。うまかったよ、と笑顔でいうのは忘れない。

「ごちそうさまでした」

深川猿江町に向かって歩きはじめてすぐ、勇七が礼をいった。

「勇七、うまい饅頭だったな」

「はい。餡もうまかったですけど、皮もしっとりとしてあっしの好みでした」

「そいつはよかった」

丈右衛門は笑みを消した。

「勇七、嘉三郎というのは何者なのかな」

「はあ」

「二十年以上も前からおきりという女に育てられ、鉄太郎の手下になった。ただそれだけの男なのか」

「確かに、ただの押しこみの手下がいくらおきりさんのためとはいえ、肝神丸を知っているというのは妙ですねえ」

丈右衛門は、先ほどの広鎌屋を出る前、どんな書をひらけば肝神丸のことが載っているかひろ江にきいている。

「『蘭剤妙薬《らんざいみようやく》』という書物です」

どこでも手に入る書ではないとのことだ。ひろ江自身、手元に一冊あるだけで、すでにぼろぼろになってしまっているという。新しいのがほしいが、今のところ、見つかっていない。

とにかく調べるしかあるまい、と丈右衛門は思い、深川猿江町にやってきた。前に捨蔵と仲よく遊んだことのある、畳職人の太呂助によれば、捨蔵たちは手習所には通っていなかったとのことだ。

ということは、と丈右衛門は考え、界隈の私塾や書物問屋などを、勇七とともに虱《しらみ》潰《つぶ》しにした。

深川北森下町《きたもりしたちよう》まで足をのばした。そこで、一軒の書物問屋に嘉三郎がよく顔をだしていたことが判明した。

その書物問屋の年老いたあるじによると、嘉三郎は学問に対し、かなりの興味を示していたということだ。

やはり、やつはただの押しこみではないのだ。あれだけ悪知恵がまわるのだから、それも当然だろう。

いろいろな書物問屋などによく行っていたようだが、この店は気に入りで、嘉三郎は入り浸っていたようだ。

書物問屋には大量の本が並べられていた。

丈右衛門は一冊の本を手に取った。『蘭剤妙薬』とある。

「ああ、それはつい最近、入ったばかりですよ。古い本ですが、それだけ状態がいいのを見つけるのは、なかなか骨だと思いますよ」

丈右衛門は買い求めた。二分とのことで、これには勇七がびっくりしていた。

「この書物だが、前にもこの店にあったことがあるのか」

「ええ、だいぶ前のことですね。そういえば、嘉三郎さんは熱心に読んでましたねえ。それも売れるまででしたけど、手前も読むのをとめることはありませんでしたよ」

目を通してみれば、と丈右衛門は思った。どんな思いで嘉三郎がこの書を読んでいたのか、わかるのではないか。

そんな期待がある。

この書物問屋には、上方の名産品を記した昔の本もあった。『京洛名品綱目《けいらくめいひんこうもく》』といい、あるじは、それもよく読んでいましたねえ、といった。

京だけでなく奈良《なら》でもつくられたさまざまな名品が載り、たくさんの味噌の名も羅列《られつ》されていた。

「このなかのどれかを選んだのか」

おそらく安くはない金を積んで、大量の味噌を購入したのだろう。

やりやがったな。

丈右衛門は唇を噛み締めた。

それから、別の手がかりを求めて界隈を動きまわってみたが、なにも得るものはなかった。

気づけば、夕闇が迫ってきていた。丈右衛門は勇七をうながし、帰路についた。

お知佳とお春の手による夕餉をとっているとき、丈右衛門のもとに客があった。

紺之助の子分だった。

「吉加屋の二人に似ている者が見つかりました」

丈右衛門はすぐさま身支度をととのえ、刀を腰に差した。

その足で、文之介の部屋に行った。どういう知らせがもたらされたかを伝える。

「それがしも行きたい……」

文之介はうめくようにいった。

だが、どう考えても無理だ。丈右衛門はいいきかせた。文之介は了解したが、悔しげに唇を噛んでいた。

丈右衛門が屋敷を出ようとしたとき、別の者が門を飛びこんできた。

萩造の手下だった。手下は、紺之助の子分と同じことを伝えた。

丈右衛門は紺之助の子分に、三月庵という手習所の場所を教え、勇七を吉加屋の二人がいるところに連れてきてほしいと頼んだ。

「承知いたしました」

子分は走り去った。

丈右衛門は、萩造の手下を見つめた。

「よし、行こう」

七

手下は、萩造に連れてくるように命じられただけで、どういう事情なのか、ほとんど知らなかった。

手下の持つ小田原提灯の淡い明かりを頼りに永代橋《えいたいばし》を渡り、着いたのは深川万年町《まんねんちょう》二丁目だった。

そのせまい路地に身をひそめて、萩造は丈右衛門を待っていた。

「二人はどこにいる」

「そこですよ」

二人がいるのが飲み屋か料亭かと思っていたが、そこはふつうの家だ。家並みが立てこみ、壁と壁がくっつきそうだ。

隣は表通りに面している表長屋である。二階もあり、しまい忘れたのか、洗濯物が風に揺れている。

「しもた屋か」

丈右衛門はつぶやいた。

「そのようですね」

萩造は、ほのかに漏れる明かりをにらみつけている。

「二人は、その家で暮らしているんです」

「二人で、というのは」

「もうおわかりでしょうけれど、つまり二人はそういう関係なんでしょうね。役者崩れというのは、まちがいありません。ですから、元はきっと陰間《かげま》でしょう」

男娼《だんしょう》といってよく、役者崩れが多いことで知られる。代はとにかく高く、吉原《よしわら》の最高の遊女並みともきく。

「陰間としては器量はさほどではなし、多分駄目だったんでしょう。歳も歳ですし」

陰間は十七、八くらいから二十歳すぎまでがせいぜいといわれる。

藤蔵の言葉からつくった人相書では、二人とも三十をはるかに超えている。

「ですから、きっと金に窮《きゅう》して嘉三郎の野郎の話に乗ったんじゃありませんかね」

「だろうな」

二人は派手に金をつかっているというのではないが、なんとなく妙な雰囲気を持っているとのことだ。

それが萩造の勘にふれたのだという。

「なんとも説明のしようがないんですけど、あっしはそういう勘で、これまで生きてきましたから」

「そいつはよくわかる。わしも同じだ」

「本当ですかい」

萩造が声を高くして喜んだ。

丈右衛門は笑って、人さし指を口の前で立てた。

「すみません、御牧の旦那と同じってんで、ついうれしくなっちまって」

「かまわんよ」

丈右衛門は、二人がいるという家をにらみつけた。

「二人の名は」

「吉加屋の支配役をつとめたほうが力三《りきぞう》、番頭が樹ノ助《きのすけ》です」

どんな字を当てるのか、萩造が教える。

「そうか、そういう名なのか」

丈右衛門は家に鋭い眼差しを当て続けた。

「しかしこのままでは、しょっ引くだけのわけがないな」

萩造が意外そうに見る。

「いや、そんなのはどうとでもなりますよ」

「でっちあげるのか」

「そういうこってす」

丈右衛門は考えこんだ。

「お好きじゃないようですね」

丈右衛門は腕を組んだ。

「よし、わしが乗りこんでみよう。二人に嘉三郎の人相書を見せて、逃げたりあらがったりしたら、仲間の証拠だろう。引っとらえてくれ」

「承知しました」

そんなやりとりを萩造としていると、勇七が紺之助の子分と一緒に姿を見せた。

子分は、ではこれで、と去っていった。

勇七が腰を曲げる。

「おそくなりました。すみません」

「いや、謝ることなどない。勇七、よく来てくれた」

丈右衛門はどんな手はずになったか、勇七に教えた。

「わかりました。あっしは萩造親分と一緒にとらえる側にまわればよろしいんですね」

「そうだ。頼んだぞ」

丈右衛門は刀を抜き、目釘《めくぎ》をあらためた。

それを見て、萩造が目をみはる。

「そこまでやらなければなりませんかい」

「わからんが、用心のためだ」

丈右衛門は萩造に笑ってみせた。

「こいつはわしの勘だよ」

刀を帯のうしろにまわして丈右衛門は提灯を借り、家に歩み寄った。戸口に向けて、訪いを入れる。

返事はなかった。

もう一度、声をかける。今度は返ってきて、戸口の向こう側に人の気配が立った。

「どちらさまですかい」

「人を捜しているんですが」

「手前どもではお役に立ちませんよ」

「いいえ、そのようなことはございません。こちらには、力三さんと樹ノ助さんがお住まいですね」

しばらく間があいた。

「ちがいますか」

「そうですが」

不承不承《ふしょうぶしょう》という感じで答える。

「お二人にお話をききたくて、手前、こちらにまいったのです」

「誰を捜しているんですか」

「人相書を持っているんで、見ていただきたいんです」

「誰のですかい」

「人相書を見ていただければ、わかりますから」

あまりに強引すぎたか、と丈右衛門は思ったが、次の瞬間、戸が横に動いた。半分ばかりあいたところで、とまった。

ほの暗い明かりが、丈右衛門の足許をほんのりと照らす。

影がのっそりと立っている。光が逆になっているせいで顔はよく見えないが、どうやら樹ノ助のように思えた。

「夜分、すみません」

丈右衛門は頭を下げ、人相書を差しだした。

「こちらなんですよ」

手がのびてきて、人相書はほとんど引ったくられた。

人相書を見て、樹ノ助と思える男の顔色が一瞬、変わった。それは、はっきりと丈右衛門にはわかった。

「知らないな」

人相書を突き返そうとする。

「これは、嘉三郎という男だよ」

丈右衛門は低い声で告げた。

「嘉三郎が三増屋に対し、なにをしたか、もうきさまは知っているよな。きさまが吉加屋の番頭として、三増屋を罠にはめたのはわかっている。きさまらは、もう終わりだ」

「てめえっ」

樹ノ助が怒号し、懐から匕首《あいくち》を取りだした。その前に丈右衛門は体をねじこむようにし、樹ノ助の腕に手刀《てがたな》を浴びせた。

樹ノ助が匕首を取り落とす。あわてて拾おうとしたところに、丈右衛門は膝蹴《ひざげ》りを食らわせた。まともに顎に入った。

喉が潰れたような悲鳴を発し、樹ノ助が土間に横倒しになる。

丈右衛門は樹ノ助の腹に拳を入れ、完全に気絶させた。

外に向かって口笛を吹き、萩造や勇七に入ってくるように伝えた。

萩造の手下も一緒にやってくるのを見て、丈右衛門はなかにあがった。刀を腰にしっかりと差し、下げ緒を刀に絡げる。

雪駄は沓脱ぎで脱ぎ、裸足《はだし》で進んだ。

外から見た以上に大きな家だ。丈右衛門は座敷を三つ通りすぎた。

力三と思える男の姿は見えない。

だが、四つめの襖に手をかけたとき、殺気が濃厚に漂ってきた。

気合が響き、いきなり剣尖《けんせん》が襖を突き抜けてきた。

丈右衛門はかわし、襖を蹴破った。大きな音を立てて、襖が吹っ飛ぶ。

座敷に刀を構えている男がいた。なかは暗いが、顔はわかる。

力三だ。

ほう、と息をついた。なかなか遣える。きっと町の剣術道場で熱心に稽古《けいこ》をした口なのだろう。

いや、遣えるどころの話ではない。

容易ならない相手だ。

勘が当たったな。

丈右衛門は刀を抜き、息をととのえた。峰を返す。

それを隙と見たか、力三が刀を振りあげ、突っこんできた。

丈右衛門は刀を横に払った。力三の刀は鬢《びん》をかすめるようにして流れていった。

丈右衛門の刀は空を切った。心で舌打ちする。

これだけ強い相手に峰打ちであるのを見せてどうする。

命の危険がない相手が、勢いこんで突っこんでくるのは当たり前だった。

丈右衛門は再び刀を握り返した。

力三が、むっと力んだ顔になる。

丈右衛門は逆に突進した。すでに息は切れつつある。

毎朝、木刀を振っているといっても、真剣はやはりちがう。

体の力のほとんどがしぼりだされてしまっている。

しくじったな。

丈右衛門は予期した以上に衰えている自分を知った。

このままでは殺《や》られるかもしれん。

そんな思いを抱いた。死の恐れは不思議となく、ただ、得手だった剣で後《おく》れを取るというのが耐えられない。

力三の刀は、はやくて強い。丈右衛門は横やうしろに動いてかわし、刀で弾き返すのが精一杯になってしまっている。

まずいぞ。

文之介ほどの若さがあれば話はまるでちがうが、そんなのは真夏に雪を望むも同然だ。

傷は今のところないが、足がもつれるようになってきた。

汗が額を流れ落ち、目に入る。しみて痛い。目をあけていられなくなる。それを防ぐための鉢巻《はちまき》すらしていない。

なんてこった。

穴だらけじゃねえか。

これでは死が大口をあけて待っているのも同然だ。

丈右衛門は力三の胴をかわすためにうしろに動いたが、敷居に足を滑らせた。しめた。力三が舌なめずりしたのが、はっきりと瞳に映った。

間合に入れられ、刀が振りおろされる。

殺られるっ。

丈右衛門は目を閉じ、覚悟しかけた。

「ご隠居っ」

横で声がし、力三の動きがとまった。

今のは勇七の声だった。となると、なにが起きたのかは自明だ。

目をあけた丈右衛門は体勢を立て直し、一気に距離をつめた。

力三の足に捕縄《とりなわ》がかかっている。丈右衛門を見て、刀を袈裟《けさ》に振るってきた。

だが右足が動かないせいで、鋭さにだいぶ欠けた。

丈右衛門は軽々とかわし、刀を握り返すや、脇腹《わきばら》を打ち据えた。

力三がうめき声をあげて、膝を崩れさせる。体が傾き、横倒しになった。

息がつまったようで、体をひどくよじっている。

息が戻ったようで、再び立ちあがろうとした。

丈右衛門はまた刀を振るい、力三の刀を飛ばした。

手のうちから重みが失せて、力三から闘志が消えたのがわかった。力なくうつむく。

「勇七、縄を打ってくれ」

丈右衛門は息も絶え絶えにいった。

「承知しました」

勇七が力三の体を捕縄で巻く。自由がきかなくなったところで、体を引きあげる。

「勇七、助かった。ありがとう」

力三の刀が迫ったときを考えると、今も冷や汗が出る。

なにか不正をして勝負に勝ったような気分だが、やはり生きているのはありがたかった。

「御牧の旦那、大丈夫ですかい」

刀を鞘《さや》におさめた丈右衛門に、萩造がいたわりの声をかけてきた。

丈右衛門は振り向いた。汗がしたたり落ちる。

「大丈夫に決まっておろうが」

萩造がにこりと笑う。

「御牧の旦那も、だいぶ強がりですねえ」

「強がってなんか、おらぬ」

「わかりました。そういうことにしておきましょう」

萩造が楽しそうに笑っている。

またか、と丈右衛門は思った。この前の又兵衛に続き、またもやりこめられた。

このあたりにも、歳が出ているのかもしれない。若いときなら、萩造のような老岡っ引にこんなことはいわせておかなかった。

だが今は駄目だ。

わしの時代は、本当に終わりかけているのかもしれんな。

丈右衛門は首を振った。

冗談ではない。わしはいったいなにを考えている。

わしは若い。まだまだ若い者に、席を明け渡すものか。

ずっと若いままでいてやる。

八

とらえた二人は、桑木又兵衛がじきじきに穿鑿部屋で取り調べた。

二人は嘉三郎のことは知っているといったが、ただそれだけのことだといい張ったという。

嘉三郎とは口入屋で知り合ったようだ。

二人を周旋した口入屋を吾市が調べたが、嘉三郎とはなんのつながりもないのがはっきりした。

昔からある老舗の口入屋で、信用を第一に商売に励んでいる店だ。嘉三郎のような男と関係があるはずがなかった。

結局、二人は死罪ほどの罪には問われず、遠島《えんとう》になるようだ。

敲《たた》きくらいにしておいて、泳がせるという方法も取るかと又兵衛は考えたらしいが、金輪際《こんりんざい》、嘉三郎と二人はつながりを持つことはあるまいと思ったとのことだ。

藤蔵はまだ解き放たれない。罠にはめられたことがはっきりしているので、死罪はまぬがれるかもしれないが、いまだに牢につながれたままである。

そのことについて又兵衛は丈右衛門に話してくれたが、心は重かったはずだ。

「旦那、大丈夫ですかい」

勇七がうしろからきいてくる。

「当たりめえよ。俺はもう本復したぜ。今日からばりばりと働いてやるから、勇七、その目をよくかっぽじって、見ておきな」

「旦那、耳の穴をかっぽじってよくききな、が正しいいい方ですよ。でも病みあがりだっていうのに、朝から元気ですねえ」

「当たりめえだ。ずっと寝ていて、力があり余ってるんだよ」

文之介の復帰を祝ってか、天気はいい。雲一つない快晴で、しかも風がない。いい日和だ。あたたかで、これなら体にも負担はかかるまい。

「俺は日頃の行いがいいから、こういうふうになるんだろうなあ」

「まあ、そうなんでしょうね」

「なんだ、勇七、ずいぶん気のねえ返事じゃねえか」

「あっしはいつもこんなものですよ」

「そうだったな」

文之介はうれしくなった。

「勇七はそうでなくっちゃいけねえや」

文之介は勇七とともに、すでに嘉三郎捜しに精をだしている。

今回は丈右衛門が活躍しているが、嘉三郎の野郎をとらえるのは俺しかいない、と思っている。

そして実際にそうなる確信が、文之介にはある。

一日中、勇七が心配するほど動き続けた。

「旦那、もう日暮れが近いですよ。今日は初日ですから、もう引きあげましょう」

「もうそんなになるのか」

文之介はそんなに疲れは感じていないが、明日になればまたちがうかもしれない。無理はしないほうがいいだろう。

「よし、今日はこのくらいにしておく」

文之介は勇七にいって、奉行所に向かって歩きだした。

途中、先輩の鹿戸吾市に会った。中間の砂吉を連れている。二人とも、血相が変わっていた。

「文之介、来い」

吾市が命ずるような口調でいう。

「なにかあったんですか」

「あったに決まってるだろう」

吾市が走る。はやく走る。

うしろに病みあがりの文之介がついていることなどお構いなしだ。

下手に同情されるより、そのほうが文之介はよかった。むしろ心地よい。信頼されているという思いが強くなる。

着いたのは柳島村にある、大きな屋敷だ。

この屋敷で惨劇が起きていた。

あるじの市五郎と妾、二人の用心棒。この四人が刺し殺された上、井戸に投げこまれていたのだ。

この屋敷のあるじはもともと金貸しで、たんまりと金を貯めているという評判だった。

その金もすべて奪われたようだ。

惨劇が起きてから、もう一月近くがたっているのではないかとのことだ。

誰の仕業か。

わからないが、文之介はどうしてか、嘉三郎ではないか、と思った。

勘にすぎないが、そんな気がしてならない。

きっとそうだ。これは嘉三郎の犯行だ。

いろいろと策を弄《ろう》するために、金が必要だったのだ。

四つの死骸を見つけたのは、二人の用心棒の片割れの女房だ。

亭主がずっとこの屋敷につめているのは知っており、ほぼ半月に一度、下着などを持ってやってきていたのだ。

前に来たとき誰も屋敷にはおらず、なかには入れなかった。

外に出ているのではないか、とそのときは不審に思わなかった。

ただ、今回も同じで、さすがに女房は不審に思ったのだ。柳島村の村役人に通報し、そして井戸で死骸が見つかったのだ。

奪われたのは千両以上ではないかといわれている。

嘉三郎の野郎は、と文之介は思った。それだけの金を安楽に生きることにつかわず、復讐するためにつかうことを選んだのだ。

千両もあれば江戸を離れて上方に行っても、一生、安楽にすごせる。

どうしてそんな無為なことにつかうのか、文之介にはわからない。

まあいい、と文之介は思った。どうせやつの末路は破滅だ。それ以外にない。

必ずとらえてやる。

柳島村で起きた惨劇の探索には、明日の早朝から取りかかることになった。

奉行所で勇七とわかれ、その後、書類仕事をしてから文之介は八丁堀の屋敷に引きあげた。

丈右衛門とお知佳が文之介を待っていた。二人とも血相が変わっている。先ほどの吾市を思わせた。

「どうしたんですか」

文之介は二人にたずねた。

「なにかあったんですか」

いいながら、お春がいないことに気づいている。

弟の栄一郎はいる。すまなそうな顔をしていた。

「わかったようだな。お春が消えたんだ。どうやら出奔《しゅっぽん》したらしい」

丈右衛門にいわれ、文之介は急にうつつであることを突きつけられて、狼狽《ろうばい》せざるを得なかった。

「どうしていなくなったのですか」

文之介は捜しに行こうとした。

だが、体がふらついた。栄一郎が支えてくれる。

「すまねえ。もう大丈夫だ」

文之介は座り、丈右衛門を見つめた。

「わしにもどうしてか、わからぬ」

だが、丈右衛門にはお春の出奔の理由はわかっているのだろう。

すでに文之介もわかっていたからだ。
お春は、文之介たちや死んだ人たちに申しわけなくて仕方ないのだ。
だから、このまま姿を消すつもりでいる。
まさか死ぬことはないだろうと思う。元気はよかったのだから。
お春の気性《きしょう》からして、自分で嘉三郎のことを調べる気でいるのかもしれない。
その公算のほうが強い。
お春の馬鹿め、と文之介は思った。そんなに俺のことが信頼できないのか。
悲しかった。
いや、いつまでも悲しんではいられない。
きりっと面を上げ、文之介は背筋を伸ばした。
お春を必ず捜しだしてみせる。そして、この手に取り戻してみせる。
それはまちがいなくできる。
なぜなら、と文之介は思った。俺とお春は運命の糸でつながっているからだ。

二〇〇七年十二月　徳間文庫

光文社文庫

長編時代小説
なびく髪《かみ》　父子《おやこ》十手《じって》捕物《とりもの》日記《にっき》
著者　鈴《すず》木《き》英《えい》治《じ》

2021年11月20日　初版1刷発行

発行者　鈴木広和
印刷　堀内印刷
製本　榎本製本

発行所　株式会社　光文社
〒112-8011　東京都文京区音羽1-16-6
電話（03）5395-8149　編集部
8116　書籍販売部
8125　業務部

ISBN978-4-334-79274-9　Printed in Japan

組版　萩原印刷

光文社時代小説文庫　好評既刊

月の鉢　霜島けい
ひょっぺら　霜島けい
ひょうたん　霜島けい
とんちんかん　霜島けい
伝七捕物帳　新装版　陣出達朗
父子十手捕物日記　鈴木英治
春風そよぐ　鈴木英治
一輪の花　鈴木英治
蒼い月　鈴木英治
鳥かご　鈴木英治
お陀仏坂　鈴木英治
夜鳴き蟬　鈴木英治
結ぶ縁　鈴木英治
古田織部　高橋和島
雲水家老　高橋和島
酔ひもせず　田牧大和
彩は匂へど　田牧大和

落ちぬ椿　知野みさき
舞う百日紅　知野みさき
雪華燃ゆ　知野みさき
巡る桜　知野みさき
つなぐ鞠　知野みさき
駆ける百合　知野みさき
しのぶ彼岸花　知野みさき
読売屋天一郎　辻堂魁
冬のやんま　辻堂魁
倅の了見　辻堂魁
向島綺譚　辻堂魁
笑う鬼　辻堂魁
千金の街　辻堂魁
夜叉萬同心　冬かげろう　辻堂魁
夜叉萬同心　冥途の別れ橋　辻堂魁
夜叉萬同心　親子坂　辻堂魁
夜叉萬同心　藍より出でて　辻堂魁